中国专业作家
散文典藏文库

中国专业作家散文典藏文库

烟水秦淮

邓海南 著

中国文史出版社

目　录

鸟　趣

人　情

景　致

追　往

哲　思

鸟　趣

草 茎 鸟

　　草茎鸟，一种我只在梦中见过的鸟。

　　它们成群生长或栖息在江边的滩地上。说生长，是因为它们像草；说栖息，是因为它们像鸟。它们既是动物，又是植物。莺飞草长，是对它们生态的最准确描述。

　　它们的身体像鹭鸶，但比鹭鸶更纤瘦。身上的羽毛是绿的，像芦苇的叶子；头顶的羽毛是白的，像秋天开出的芦花。头的形状像神气活现的鹤望兰，随着细长的颈项上下伸缩着。当一阵好风吹过，它们成千上万只昂首鸣叫，真如风声鹤唳。那绿色的翅膀也随风张开，在风中优美地舞动着，好像它们成群结队地要飞将起来，飞离江岸，飞过江天，飞向南方或者北方，飞向朝阳或者夕月。但，它们仅仅只是那样扬首鸣叫着，仅仅只是那样振翅扑腾着，却并不曾有一只飞离地面半步。当风停息，它们也敛声收羽，静静地伫立如一片蒲草或苇丛。

　　它们为什么不飞呢？

　　这个秘密，你只有进入这片鸟群或这片草丛才能知道。这是一种奇怪的生物，它们的腿部以上完全是鸟，有鸟的躯体，鸟的翅膀，鸟的羽毛；问题出在它们的腿上——它们的腿也完全像鹭鸶和仙鹤，细细的，

3

长长的，在大腿和小腿间有一个可以屈伸的关节；但是从关节往下就不对了，关节下面的小腿已不是鸟的腿，而成了植物的茎干。它们的脚趾也像鸟类一样张开着，但不是踏在地面上，而是变成根须扎入了土里。不知道它们是从别处迁徙而来，飞累了落在这里，长时间地歇憩之后脚趾变成了根系？还是它们原本就是从土里萌生出来的东西，只是长得像鸟而已。

它们的生计不成问题。如果它们的脚趾真的是植物的根，自然能从足下肥沃的土壤中吸取营养以供生长。如果把它们看成动物，这里也有足够的食物可供它们摄取，它们的羽毛本身就构成了一片茂密的草丛，在草丛中，有各种各样的昆虫生长，蚱蜢、蜘蛛、蟋蟀、蚂蚁……还有江潮不时送到滩岸泥涂上来的弹涂鱼和小虾蟹，它们低头便可以啄食；还有成群在它们头上飞舞的蚊蝇蝶蛾，它们伸缩脖颈便可用尖喙来捕捉。就像那些生活在海底的珊瑚和海葵们，用不着到处奔波觅食，自有洋流会带来饵料供养它们。

如果它们是草，它们便不会烦恼，春天泛青，夏天浓绿，秋天枯黄，冬天准备着来年再生，随季节枯荣，一切听从大自然无声的指令没有什么可以操心的。但它们又是鸟，有了鸟的形体，鸟的翅膀，鸟的羽毛，并且在江边上成天看着野鸭、江鸥、仙鹤、大雁们翩翩翔舞，自然便也生出了飞的渴望。当风吹来，它们欢叫着张开翅膀，那些小气流们在翅膀下使劲地鼓动着羽毛的时候，感觉再稍一用力就可以腾空而起了……但就在这时候，它们无奈地感觉到了大地的牵拉，绷直了的细腿告诉它们，它们的脚趾还陷在泥里。它们的羽毛虽然已与空气结盟，但它们的脚趾却是属于泥土的，任它们使出九牛二虎之力，它们也拔不出自己的根。当风过去，它们飞扬的鸟形又低落成了颓丧的蒿草。飞翔的渴望被大地的牵挂抵消，它们只能是这种亦鸟亦草又非鸟非草的尴尬物种。

它们之中并不是没有勇敢者，要想飞翔，就必须斩断与泥土的干系。既然它们不能像鸟一样轻松地把脚蹬离大地，纵身飞起，那就让属于泥土的留给泥土，把渴望天空的交给天空。曾经有一只草茎鸟，用尖锐的喙毅然啄断了自己扎在泥土中的脚趾，便真的振翅飞了起来！它的身体是如此轻盈，只要脱离了大地的羁绊，飞的一点也不比别的鸟差。它在同伴们的头顶上，在同伴们的众目睽睽之上翩舞着、飞腾着、欢鸣着，呼唤着其他的草茎鸟也像它一样地飞起来。但是，群鸟们在一阵兴奋之后，很快便发现了危险之所在——在它像飞翔的仙鹤一样笔直拖在身后的细腿上，没有脚趾，只有两个骨拐，它该怎样落下来呢？它还能像原来那样稳稳地站立在地上吗？站不住，便意味着死亡。用生命来做一次飞翔的代价，是否值得呢？于是，鸟群们，或者说是草群们，在最初兴奋的欢呼之后沉默了。那只飞起来的草茎鸟也意识到了自身的处境，它已不能再落回原来的栖身之地了。于是它在它们上空绕了三圈之后，毅然飞向了江对岸，它的身影在它们的眺望之中渐飞渐远，直到完全隐入了天空。它是就这样一直飞下去，还是最后因力竭跌落到一个不为人知的地方默默死去，没有人知道。反正它没有再飞回来，也没有另一只草茎鸟学它的样，脱离草丛去与天空为伍。

　　哈姆雷特说过："生存还是毁灭，这是一个问题。"对草茎鸟来说，当草一生还是当鸟一回，也是一个问题。我很想帮它们来解决这个问题，于是，我拿了一把镰刀——不是农民用来割麦的那种小镰刀，而是草原上用来刈草的那种长柄大镰刀，西方传说中死神用的镰刀大概就是这种——我走到了生长草茎鸟的那片江滩上，抡圆了镰刀，沿着地面使足全力割刈起来，鸟的脚杆或者说是草的茎干在刀刃上纷纷断开，我不知道它们发出的那种声音是痛苦的呻吟还是快乐的欢呼，我只看到它们成群地飞了起来，在翅膀们有力的扑打声中，一片又一片绿云飘上了天空。

　　当然，让草茎鸟全都飞起来，这样的事也只能发生在梦中。

关于燕子的复调

有燕为邻（A）

和燕子居住在同一所房屋里，已是二十多年前的事了。

老家房子的格局我很不习惯，人睡在厢房里，猪圈却堂而皇之地在灶台后面占据着堂屋的一角。前门外是一块晒场，后门外就是粪坑，前后门常常整天对开着，穿过其间的风就叫穿堂风了。我实在想不通农村人为什么这样设计房屋，吹南风还好，刮北风时岂不臭气阵阵袭来？这样的房子，让我喜欢的只有一点，就是房梁上有燕子做窝，每日可以看见燕子飞进飞出，这是我这城里孩子没见过的。

后来我回了城，每每回想起那段在农村度过的日子就会想到房梁上的燕子窝。城市里也能看到燕子的身影，但我想它们的家一定是在郊区的农舍里，因为城里人关门闭户的宿舍楼没法让燕子自由自在地飞进飞出。

春天，妻从青岛打来电话说，岳母家的楼道里竟然有一对燕子飞来筑了巢。那个楼道远不如农村房子的堂屋高大宽敞，不知那对燕子夫妻是怎么看中了光临那里的。再说楼道里本不适合燕子做窝，衔来的泥和草屡屡从光滑的墙壁上掉下来。住在一楼的小黄看它们盖房困难，便站到凳子上为它们在靠顶处钉了一根钉子，以这根钉子为支撑点，那对燕子终于把小巢筑在了楼道的墙壁上。岳母怕楼道里的邻居会伤害它们，便用现在人们爱听的语言使劲宣传：燕子看中咱们这个楼道来做窝，说明咱们这个楼门里人气好、财气旺、运气足，咱可千万别去把燕窝给捅了啊！

接到妻子电话的那个夜里，我在梦中见到了久违的燕子窝。等到夏天我来青岛时，真的在岳母家的楼道里看到了它，像一个小小的巴掌，贴在楼道墙壁上，伸出手去，离指尖不过半米的距离。在我仰望的时候，一只老燕子飞回来，巢中两只小燕子欢呼雀跃，楼道里一片燕语呢喃，让人有一种天然的感动。

几天以后，抬头看去，巢是空的，小燕子已随父母外出学习飞翔了。外面下着雨，也不见它们回来。到了夜晚我们进出楼道时，都要拿手电照一照燕子窝，只照一会儿，照长了怕打扰了它们。这时燕子们都回来了，只是燕巢太小，只能挤下三只燕子，还有一只便栖在燕窝下方的那根钉子上，像个孤独的哨兵。妻说，这只站在钉子上的肯定是燕子爸爸。

要不要把家里的一个小藤筐给它们钉上去呢？我们正考虑着，因为对燕子来说，这可能是一个惊喜，也可能是一个惊扰。

燕巢坠落（A）

在我的上一篇文章《有燕为邻》中，我写了岳母家那个楼道中一窝燕子的故事，现在这个故事又有了新的发展。楼道中有一窝燕子，是一件有诗意也有情趣的事，楼中住的人进进出出都会抬头望一望它。白天，燕子们一般都不在家，在外面忙着飞翔与捉虫；傍晚，燕子归巢了，楼道里便多了一种生机与温馨。窝中那对小燕子已经羽毛丰满飞走了，但老燕子每天忙碌依旧，不知不觉间，人们发现燕巢中又有了两只毛茸茸的小燕子，每当老燕子飞回时便张开嘴嗷嗷待哺。

　　一天晚上归来，照例抬头望时，忽然发现挂在墙壁顶端处的燕巢没有了，只剩下一小片残泥。两只老燕子，一只停在钉子上，一只落在电线上，守着它们那已经不存在了的家，那情景实在有些悲凉。更严重的问题是：巢中那两只小燕子呢？回到家中忙问是怎么回事，岳母说，下午只听见两只小燕子叫声惊恐而凄惶，跑出门看时，只见燕子窝已经掉了下来，也不知是自己掉下来的还是被调皮的孩子捅下来的。那两只老燕子急切地里外翻飞，两只小燕子却已不知去向。想到那两只还不会飞的雏燕从巢中跌落的情景，我的心猛然一紧！如果是人，一对夫妇忽然间家毁子亡，该是怎样的哭天抢地！而那对燕子，只是默然无奈地在废墟边守着，燕子心中，该是怎样的感觉呢？

　　邻居遭了难，自然是要帮助的。家人商量之下，决定再为它们钉上一个巢窝。但当夜不能再去惊动那对不幸的燕子夫妇，得等明天早上它们飞走了之后。那时我们的儿子还小，正在吃一种亨氏米粉，为了能使新窝让燕子接受，我把亨氏米粉的硬纸盒剪成半圆形，再到楼下找到坠落下来的燕巢残存的部分，把它托在纸盒中。细看那燕巢，外围由粗草茎和泥土粘筑而成，中间却是一团柔软如丝绒的金黄色细草。动物中这种上一代对下一代的天然珍爱，不由得让人感动。那一夜，楼道里的许多人都因为燕子邻居的不幸遭遇而没睡好。

　　第二天一早我去为燕子钉新巢时，许多邻居都出来关切地张望。据楼下的小崔扬侦察，两只小燕子中的一只停在楼道对面的一根晾衣绳上，还不能飞，两只老燕子在旁边的树上守护着它。于是崔扬的爸爸抱着小崔扬把小燕子接到手中，要把它送回新巢里。往回走时，小燕子忽然从小崔扬的手中飞了起来，正摇摇欲坠时，两只老燕子尖叫着赶来引飞，羽毛未丰的小燕子竟挣扎着随老燕子飞上了树梢，这大概是动物在意外变故下陡然增加的应急本领。此时在两只老燕子的呼唤之下，另一只小燕子也不知从地上的哪个角落里钻了出来，被小崔扬的妈妈找到捧在手里，由我接过来踩着凳子把它送进了新巢。

从此以后，这个钉在墙上的亨氏米粉盒子就成了燕子们的新家，因为燕子年年飞来加以修缮，又从新家变成了老家，十数年了，那个纸盒燕巢还一直被燕子们使用着，每年都有小燕子在那里长成。岳母家已经搬离了那个楼道，但有时路过，我们还会走进去看一眼那个亨氏燕窝。

有燕为邻（B）

前面两篇关于燕子的文章，写的是 1996 年夏天的事情，故事的发生地是青岛。现在我要写的，是十几年后我们这个家和燕子的另一段缘分，故事的发生地是南京。

在南京东郊的汤山镇，我们拥有一套房子，当初买它，完全是因为风景好，那是一个临水的小区，叫碧水华庭。华庭听起来有些夸张，但碧水却是名副其实，因为我家西边阳台的下方就是一片碧波荡漾的湖水，湖水那边，便是一层淡于一层的汤山山影。夕阳西下时，洒在湖面的金光如一幅浓烈的油画；烟雨蒙蒙时，则又成了一张迷离的水墨。开始我们只是简单装修了一下，很少去住，每隔两三个月去一回，去了就打扫卫生，打扫完了，又回城里了，于是被戏称为"健身房"。阳台朝西，下午自然有西晒，为遮阳光，我们在阳台顶上的墙壁上打入了几只钉钩以挂竹帘。后来竹帘被风雨所蚀，我们又不怎么去住，就把它摘掉了。

记不清是哪一年了，一次去"健身"时发现阳台的右上角，有燕子筑起了巢。聪明的燕子，是利用摘去竹帘后留在墙上的钉钩，以那为基点开始营造它们的小家，这使得我们大为高兴。现在的城市人，已经离大自然越来越远了，有燕子这样有灵性的鸟儿愿意到你家的阳台上来筑巢，与你当个邻居，岂非求也求不来的好事。随着这些年城市空气渐趋污浊，有几个朋友在汤山住上了瘾，说汤山的空气比城里好多了，汤山的菜和肉也比市里更加生态，你们在汤山有房，应该多来住住才是。但我们第一次的简单装修已显破败，为了多去住住，不得不再次认真装修。原来的西阳台，我们用大玻璃窗将其包了起来。但餐厅外的一段阳台因为有燕子筑了巢，我们特意将它留出来未包，并且特意叮嘱装修的工人，在装修过程中一定不要惊扰了燕子。那是前年春天的事，工人们在阳台的这边施工，燕子夫妇在阳台那一端育雏，果然各得其所。到了秋末，房子基本装修完工，已经长成的小燕子也随着它们的父母飞回了南方。这已经不是燕子夫妇第一次育雏成功，在我们家的阳台上，那对老燕子已经养大了好几批儿女了。

今年春，我们有时会到汤山的房子里去住几天，发现原来口袋状的燕子窝，又被燕子夫妇加长了一些，这样入口更深了，燕窝内部的空间也稍有增大。或许是燕子夫妇看到我们的房子装修过了，它们也要再装修一下。据我的朋友、鸟类专家范明说，会筑这种袋状燕巢的是金腰燕，家燕的巢是半开放形的，金腰燕的巢是收口形的。虽然家燕和金腰燕都是蓝黑色的背，剪刀状的尾巴，但家燕喉胸处呈栗红色，腹部是白色；而金腰燕头后和腰部呈黄栗色，腹部有黑色纵纹。

黄昏的时候，我们坐在餐厅窗前喝茶，透过大玻璃窗就能看到燕子在空中飞翔。这傍晚时分的飞翔，已和白天用以谋生的飞翔不同，完全成了一种自娱自乐，或者成了一种展示，如果它们知道我们是观众的话。在所有鸟的飞翔动作中，我觉得燕子的飞翔是最优美的。鸟儿飞行的优美，不在于鼓翼，而在于滑翔；鹰的滑翔叫盘旋，似乎是静静地悬在高空，像一只风筝；鸽子的滑翔翅膀向上斜着，靠惯性和速度滑过天空；有一些小鸟似乎不会滑翔，只会收起翅膀向前一冲一冲，像一粒弹丸；而燕子的滑翔像是花样滑冰，我们窗外的天空就是它的冰面，它们平张翅膀，在空中划出各种美丽的弧线，那份轻盈灵动、悠然自若，是任何其他鸟类都比不上的。当它们飞了数圈之后，便轻轻落到我们家阳台的栏杆扶手上，雌雄相依，喃喃细语，不知说些什么。此时隔着窗玻璃，我们与它们的距离也就是一米多点，我们看着它们，它们似也歪着扁扁的小脑袋看着我们，你会发现它们的身体是那么的细巧修长，仿佛羽毛中没有肉体，只有一小团会飞的灵魂。而且它们的腰身羽毛确实是黄色的，这就是金腰燕了，这个名字是如此美好。燕子夫妇站在栏杆上和我们对望许久，然后又飞到上面原先挂竹帘的钉钩上站着，在暮色渐浓后，终于灵巧地钻入巢中。我们想，此时它们的蛋或者小雏燕已在巢中，要不了多久，这对老燕子就会带着它们的孩子在我们家的窗前学习飞翔了。

这燕子虽不是我们养的，但在我们家的阳台上巢居已有经年，从感情上，我们已把它们视为家人了。

燕巢坠落（B）

今年五一假期，有两位朋友要到我们家来玩，我和妻特意带她们到汤山家中去喝茶，那里面对湖光山色，可以为喝茶增添些意境；更重要的是，可以向客人炫耀一下我们家的燕子。

可是那天在喝茶观燕的过程中，有个情况使我有些心忧：我们家阳台上的燕巢是燕子夫妇花费数年时间精心筑成的，其重要性甚至超过这套房子之于我们。如果当我们不在时，另有陌生人破门入户，自然对房主是极大的侵犯。而现在，燕子的家就受到了另一种鸟的侵犯。这种鸟黑头、灰白脸、棕灰色身体、黄嘴黄脚，形象不佳，叫声也难听，冬天时常常群飞群落，在南京地区时常见到的鸟中，这是最不讨人喜欢的一种。现在有两三只这种鸟就停在邻楼的房顶边上，贼头贼脑地觊觎着我们家的燕子窝，不时飞过来骚扰一下，甚至还有一只竟然钻进了我们家的燕子窝。燕子夫妇发现了，急忙飞回来驱赶，虽然金腰燕的身体比那种灰鸟要小三分之一，还是奋力地把入侵者赶走了。但是到了傍晚，燕子夫妇落在阳台栏杆上和我们隔窗相视的温馨情景没有出现，或许燕子心中也有了忧虑，心境不再像往常那么悠然。

汤山的房子因为是我们的第二居所，所以并不常住。自五一节在那里接待朋友后，再次去那里已是半月以后了。每次我们开门进家，第一件事就是先跑到阳台上去看一眼燕巢与燕子是否安好？这次只听妻在阳台窗前大叫一声："不好了，发生大事故了！"我赶忙趋前一看，果然大事不好：只见悬在阳台顶上的燕子窝，中间破了一大块，就像一只挎包被人撕掉了包底，包中的东西散落一地！再看阳台的地面，散落着四只刚刚冒出羽毛的雏鸟，不但已死去多日，身上还落满了苍蝇，那场景真是狼藉一片，惨不忍睹！我们的第一反应，就是那种讨厌的灰鸟弄破了燕巢，使得覆巢之下，四只雏燕死于非命。惨案已经发生，凶手逃之夭夭，燕子夫妇也不见踪影，我所能做的只有清理现场。但在清理的过程中，我却发现了蹊跷之处：那已成为尸体的四只雏鸟，虽然还没长全羽毛，但身体竟比成年燕子还要粗壮；再细察它们的脑袋，圆头上长着尖尖的黄色长喙——而燕子却是扁扁的头，短短宽宽的三角形喙。如此看来，这四只雏鸟并非燕子的孩子，而是那种灰色大鸟的后代。显然是那种灰鸟学会了杜鹃的伎俩，将它们的蛋下在了燕子的巢中，而燕子夫妇辛辛苦苦在巢中喂大的，竟是贼鸟的后代。这样想来，半月前我所看到的灰鸟钻入燕子巢中的一幕，也有了合理的依据，它是进去看望它的孩子的。那么燕巢破坠的惨案是如何发生的呢？莫非是燕子夫妇忽有一天发现它们辛勤抚养的并非自己的亲生骨肉，而它们所生的蛋早已被闯入者和它们的孩子谋杀掉了，于是一怒之下，愤然毁巢——不不，这未免太戏剧化，是以人之心来度燕子之腹了。那么还有两种可能，一种是那种灰鸟钻进来时撑破了燕巢，毕竟它的体型比燕子大得多；还有一种是四只日渐长大的雏鸟自己在燕巢中活动时撑塌了燕巢。这两种可能性其实是一种，就是闯入别人住宅者最终自作自受，毕竟燕子的巢是为身轻如燕的房主人自己设计建造的；而身大体重的入侵者虽然把自己的四只蛋下在了燕子的巢中，却终于随着四只雏鸟的长大变重挤破了燕巢，以害人开始，以害己告终。想到此处，我们不禁为燕子夫妇感到伤心，也为那种想损人利己最终却损人害己的灰鸟感到唏嘘。对这种灰鸟的身份，我不甚明了，从行为方式看，像是杜鹃；但上网查了一下杜鹃的图谱，却显然不是。

回到南京后我专门去请教了爱鸟者范明，他对南京地区所有鸟类都能如数家珍。听了我的描述，他说那种鸟应该是灰椋鸟，拿出鸟类的图谱让我看，果然就是灰椋鸟。据范明说，还没有发现灰椋鸟有像杜鹃那样让别的鸟为自己抚育后代的习性，发生在我家阳台上的这个案子，可能只是灰椋鸟对燕巢的强行侵夺，结果导致燕巢被毁。也正是从他的解说中，我才知道我们家的燕子并非家燕，而叫金腰燕。除了毛色上的区别，家燕的巢是敞口的半瓢状的，而金腰燕的窝则是收口的袋状巢。

我遗憾地道："燕巢破了，我们家的燕子大概飞走不再回来了。"

范明说："等明年再看吧，说不定它们还会把旧巢修补起来再用的。"

我叹息一声，怀着希望："那就只能等待明年春天了，但愿金腰燕还来装修它们的旧居！"

金腰燕　灰椋鸟　蓝色蛋

　　曾经写过我们家的燕子的故事：每年春天金腰燕夫妻如期飞来，飞翔觅食的间歇，便落在我们家阳台的栏杆上小憩，以安详信任的小小目光与我们隔窗对视。我们夫妇在窗里喝茶赏燕，它们伉俪在窗外梳羽观人，相隔不过一两米距离，其景怡然，其情恬然，其乐融融。

　　但是灰椋鸟的入侵打破了这种安宁与和谐。这种鬼头鬼脑的鸟时不时飞来骚扰，甚至还闯进燕巢。去年五月的一天，我们发现口袋状的燕巢破了，连泥带草落了一地，还有四只雏鸟的尸体。经过我的认真验尸，发现落地而死的四个幼年受害者并非雏燕，竟是灰椋鸟的雏鸟。原来雏鸟的父母好逸恶劳，作为留鸟，不去努力修建自己的居所，却盯上了候鸟燕子辛辛苦苦筑起的巢窝。趁着白天燕子飞出觅食，悄悄潜入，将自己的蛋下入巢中。白天燕子不在家时，它们便悄悄钻入巢中孵卵；傍晚燕子归时，它们便飞出巢穴，让燕子夫妇代值夜班。当雏鸟出壳在巢中日渐长大，四只肥胖的雏鸟终于挤破燕巢，上演了这一出害人害己的鸟界悲剧！

　　半个月后，我们发现破损的燕巢竟又被勤劳的燕子衔泥补好了，那对漂亮的金腰燕夫妇又回到巢中，如往年一样产卵育雏。两只小燕长大会飞后，也在休息时间和它们的父母一起歇在我们家阳台的栏杆上，梳理羽毛，絮叨家话，燕语呢喃着和我们隔窗对望，那小小鸟眼中看到我们大大的人类只有好奇，并无恐惧。因为我们从不伤害打扰它们，在同一屋檐下，怡然为邻。对于我们的芳邻金腰燕来说，能够伤害到它们的只是它们同类中的一族——那一对只想侵占别人劳动成果的灰椋鸟。

　　我对灰椋鸟本无成见，但是自从发生了灰椋鸟侵占燕巢的事件之后，不由得对这种鸟心生恶感，并时时担心着它们会再次前来侵袭金腰燕的平安家园。去年秋末，金腰燕夫妇带着它们的两个孩子飞回南方过冬。迁徙前几天，成群的金腰燕在湖面上空来回飞翔，或许是在进行长途跋涉前的适应性训练。今年四月底，燕子夫妻又回来了，并口衔湿泥将旧居的入口装修了一番。中午休憩时，依然趴在阳台栏杆上呢喃燕语，悠然梳羽。燕子归来了，担忧也回来了。因为灰椋鸟老是站在隔壁楼顶窥探着我家阳台上的燕巢，它们如果恶习不改怎么办？为此，我特意准备了一把弹弓，如果金腰燕夫妻再度受到侵扰，我便以此来对付侵略者。每当灰椋鸟在隔壁楼顶贼头鬼脑朝这边看时，我就拉弓射弹，弹丸落在房顶瓦片上，将它们惊起。我的目的并非要击毙灰椋鸟，只是想威慑到它们不敢再来侵犯就好。但是灰椋鸟显然没有理会我的警告性射击，那天下午我等待燕子归巢时，竟然看到灰椋鸟明目张胆地进出燕巢。这鸟东西，是不是又乘人不备把自己的蛋下在了人家窝中了呢？我们终于决定搭梯子上去探个究竟。

　　和家燕半敞形的窝不同，金腰燕的窝是钱袋形状，肚大口小，开口直径只容一鸟钻入，且紧贴顶壁，你无法把人眼放到与顶壁齐平，也就看不到巢内的情况。用镜子反射法观察，却又没有光源照亮内部。无奈之下，只能采用探摸法。我先用手指探入，摸到一些软软的草；再用一只长把勺向里试探，依然只是软软的草，但是再往草下深入探寻，不对了，碰到了小小的硬物，小心用勺舀出来，是一只鸟蛋，比鹌鹑蛋略小，淡蓝色的，凭直觉就不是燕子的蛋（事后上网查询，灰椋鸟的蛋果然就是蓝色的，而燕子的蛋是灰白色有斑点）。再用勺舀，又是一只，一共舀出来六只蛋，清一色油光淡蓝。去年窝中只有四只灰椋雏鸟，就把燕巢挤得掉了底。今年这六只蛋如果全孵出来，燕巢还不得又一次被折腾得窝破底掉？雏鸟落地同样还得死于非命。

入侵者的蛋是掏出来了，准备照个相留下证据……忽听妻一声惊叫，原来她一失手把六只蛋全砸在地上，摔成了一摊碎壳和浆水。这样也好，用不着考虑再怎么处理这六只灰椋鸟蛋了。往下的故事会如何发展呢？灰椋鸟发现失去了蓝色蛋，是否还会鸠占鹊巢？金腰燕夫妻还能否在它们的旧巢中，按计划生蛋孵雏并抚养带大两只小燕子？人很难判断鸟儿们将会如何行事，就让我们继续观察吧。

沉思的鹤

那是在盐城丹顶鹤自然保护区看到的一幕。

已是夏季，前来这里越冬的野生仙鹤们都已飞走了。对于来这里探访的客人来说，见不到鹤翔应该是一件憾事。但是好在鹤场里还有一些人工繁育饲养的仙鹤，主人便打开鹤舍的笼门，随着扑啦啦的振羽之声，十数只仙鹤腾空而起，为客人们做一番空中之舞。仙鹤毕竟是仙鹤，那冲天而起的英姿，那展翅翱翔的潇洒，真令人心旷神怡。但这毕竟是人工饲养的仙鹤，展翅天空，并没有振翮远去，而是盘旋数匝后，又一一飞回了鹤舍。我们看过了鹤翔，便也带着一份满足，沿着芦苇丛中的小路向回走。忽然，走在前面的同伴发出一声惊讶，我们一看，也不禁惊讶，只见幽长的小径上，有一只仙鹤款款走来，走得从容不迫，旁若无人，以至于我们这一干人，都不约而同地让到路旁，像一群下属恭迎首长那样看它过来，又像一群星迷瞻仰明星那样送它过去。很显然，它是刚才被放飞出来的那群鹤中的一只，但别的鹤都已归巢了，它却不慌不忙，不紧不慢地在这里踱步。大家看着它的背影，不禁议论：这只鹤与众不同；这只鹤很有个性；这只鹤热爱自由，所以尽可能地多享受一些独处的时光，最后的结论是：这只鹤是一个思想者，是鹤中的哈姆雷特，它也许正在沉思着那个著名的问题：To be or not to be。

是的，"生存还是毁灭，这是一个问题。"如果连鹤都在思考了，我们人类还不该好好思考吗？特别是在自然保护区，我们更应该思考环境保护的问题；思考人类正在怎样生存和应该怎样生存的问题。因为正是这个问题，关乎着人类的生存或毁灭。

由此我想起了胡适的那句名言："少谈些主义，多研究些问题。"因为所有政治上的主义，都解决不了人类日益严峻的环境问题。以往所有的主义，都是从一部分人的利益和观点出发，而不是从全人类的生存状态出发，更不是从全物类的存在前提出发。面对自然万物，只考虑人自己；面对全人类，只考虑自己所属的国家、种族、阶层或者干脆就只考虑自己这个个体，这恐怕就是人类思维活动的最大谬误！

人类和自然界最大的悲剧，莫过于一部分人的利益不适当地膨胀伤及了其他的人；一个物种的利益不适当地膨胀伤及了公平对待一切物种的大自然。人类欲望的无限制膨胀真的不会遭受报复吗？我不这样认为。

我想，如果人类对自然的伤害还可以弥补和救治，则人类有望，自然也有望；如果人类对自然的伤害愈演愈烈，无法控制，则人无望，自然也无望。

我不知道，那只独行的鹤是否是鹤中的哈姆雷特。但"生存还是毁灭"却是一个无论是哈姆雷特还是人类都必须面对、却又难以解决的一个根本问题。

这一只乖巧的猫

这只猫，不是全身乌亮的黑猫，虽然她每一窝孩子中总会有一只乌云卧雪的小黑猫；不是虎头虎脑的黄猫，虽然她每一窝孩子中总会有一只小黄猫；不是最常见的狸花猫，她每一窝孩子中也总会有一只狸花猫；更不是浑身如雪的大白猫，在我们见过的她的四五窝孩子中，好像也曾有过一只是纯白的。她生过的小猫算起来也有二十只了，但没有一只毛色是像她这样的：说黄不黄，说棕不棕，身上棕黄相间，脸上因棕黄相混，似乎有些面目不清，只有四只爪子是白的。这猫原本是一只野猫，并且在野猫们中间，她的毛色长相没有任何出众之处，如果你有心养猫，怎么着也不会挑这样一只看上去毫不起眼的猫来养。

但是偏偏，这只野猫踱进了我多伦路老家的院子，蹲在那里，安安静静地看着我的弟弟弟妹，我弟妹顺手找了一点东西给她吃，她不像其他野猫那样吃归吃，依然保持着对人的警惕，你稍微走近，便跳开逃走；她安安心心地吃，吃完了，乖乖巧巧地走到你脚边趴下，将尾巴像一炷香一样竖起，顺着你的裤腿微微地晃着，嘴里轻轻地发出喵呜之声，任你去拍她的头，摸她的背，抓她的颈，甚至把她翻过来肚皮朝上，她完全听之任之，对你完全没有防范之心，就像在说："我知道你

19

们不会伤害我，我喜欢你们这家人，我就把这儿当成我的家了，成吗?"开始，因为她长得实在不起眼，弟弟弟妹出于怜悯心，只在院子里给她些吃食，并没有把她收归家养的意思，但是这只猫实在太温驯太乖巧了，以她的柔和，以她的恬静，以她对弟弟和弟妹的绝对信任，赢得了他们的心，向她敞开了家门，接纳了她，视她为家中的一员了。

这只野猫以她的秉性修成了一只乖乖的家猫，每天有一些时候，她必然在家里和主人亲近，当你走动时，她在你的脚边绕来绕去；当你坐下时，她就在你椅子下面安安静静地卧着，不时轻声细气地叫唤几声；当你蹲下抚摸她时，那半闭的眼睛显示出那是她最幸福的时光。但是她每天更多的时候还是在外面活动，想出去的时候，就在你面前喵呜喵呜地叫，让你为她开门。只要一到外面，她就变成了一只十分警觉的野猫，不但不让陌生人靠近，就算她的主人想在家门以外的地方抓住她、抚摸她，也是不可能的。那么这只家养的野猫在外面都干什么呢? 干两件大事：一、捉老鼠；二、谈恋爱。虽然野猫成了家猫，弟弟弟妹每天都有给她的鱼饭猫粮，但她猫捉老鼠的秉性依旧，每每抓到大老鼠，都要拖回院子里来让主人看看，一副邀功请赏的神态，让弟弟弟妹赏也不是，罚也不是。

更让她的主人爱骂不得的，是她在外面谈恋爱的结果，自来我家后第一次怀孕生仔后，她那肚子就年年一窝不落空，每窝都是四只小猫。不过她也好像知道她生小猫这件事并没有得到主人的同意，所以并不把小猫生在家里，而是在外面的什么地方另给她的孩子们建一个窝。在她生儿育女的这段时间，她在家里的时候依然是一只乖乖的家猫；出了家门则是一个尽心尽责的母亲，直到把小猫养到能跟着她连走带跑了，才领到院子里给主人展示一下成果。弟弟弟妹心痛她带孩子的辛苦，自然给她加餐加营养，顺带着也给小猫们喂鱼饭猫粮。但是她的孩子们却都保持着野猫的野性，每一窝中只有一只继承了母亲的秉性，愿意和人亲近；其他的都是白眼狼，吃饭的时候都来了，吃完了你想抓一只玩玩却没门，警觉地躲你远远的。由此看来，虽然都是猫，甚至是一母所生的猫，其性格却是大不同的。

可叹的是，她的孩子们命运都不如她。她虽然每年都要生一窝，但小仔们真正能长大成猫的却没有几只，有几只长得漂亮的被弟弟弟妹的朋友带走家养了，更多的则是在野外的环境中自生也自灭了。她的孩子中曾有一只漂亮的黄猫，长到了身材比母亲还大了，而且像母亲一样温驯黏人，深得弟妹喜爱，眼看就要被弟妹纳入家籍了，却在外面不知被什么人袭成重伤，跑回来死在院子里的树下。它继承了它妈妈愿意亲近人的秉性，却少了它妈妈在外面活动时的警觉，不知道并非什么人都可以随便亲近的。在这只横死的大黄猫之后，她又生出了一只长得很像的小黄猫，就对人警觉得多了，弟弟弟妹就是在喂食的时候，想碰它一下也是碰不到的。今年夏天，我们家的这只老猫又生了四只小猫，而那只警觉的小黄猫是她上一窝孩子中仅剩的一个。

算起来，这只被叫作"咪"的棕黄猫成为我们家成员已经有七八年了。在家中，她是一个乖乖的女儿，在外面，她是一个辛勤的母亲。在生下了最近这一窝小猫并养到能跑能走了之后，老猫的身体忽然间就瘦了下来，在弟弟弟妹腿边绕行时，身体也开始打飘了。在院子里看四只小猫吃食时，她把前一窝生的那只小黄猫唤了来，在她身边趴着，一起看小猫吃食。又过了两天，老猫身体更弱了，弟妹心疼她，把她抱回家里安顿，她却摇摇晃晃地挣扎着出去，晚上就在院子里过夜，不再进屋。再两天后，她更瘦弱了，傍晚，她摇摇晃晃地进屋，到家里的每个人脚边蹲下一会儿，用尾巴拂拂裤脚，意在告别。然后毅然向外面走去，一走便再也没有回来，想必是不愿麻烦主人，自己给自己找好了安息之地。

而她上一批孩子中仅存的那只小黄猫，却好像忽然间懂事了。原来在院子里给这一群大猫小猫开饭时，小黄猫常常是要把比它更小的小猫们挤开争食的；现在老猫不在了，当小猫们围着小盆吃食时，它只是静静地趴在一边看着，似乎代替母亲担当起了照顾弟妹的责任。而当四只小猫睡觉时，它也像那只老猫一样把四只小猫拢在了怀里。老猫的离去，让弟弟弟妹很有些伤心，都说那只猫太乖、太通人性了。但我们人毕竟不懂得猫的语言，不知道老猫临走前，是否对小黄猫交代了后事？

斗牛是什么？

　　西班牙真是一个有意思的国家。我说它有意思，不是指它的山川地理风景吃食，而是指它文武双全。文有什么？有赫赫有名的大文豪塞万提斯和他写的那本《堂·吉诃德》，说出这一个人一本书就够了，足以把许多比它大得多的国家都盖得死死的。武有什么？有一大群又一大群西班牙斗牛和它们的克星斗牛士；斗牛凶猛，斗牛士剽悍，全都是孔武有力好勇斗狠的种。大概就是这一文一武，搞得西班牙的女人热情似火风情万种。塞万提斯我就不说了，人家小说写得好，堂·吉诃德的形象是全世界公认的。但是关于西班牙的国技斗牛，因为在电视转播中看过几场，我倒想说点什么。

　　说点什么呢？名著有名著的魅力，斗牛当然也有斗牛的魅力。但是请西班牙人民谅解，作为一个外国人，我总觉得斗牛的那种魅力多少有点暧昧。

　　西班牙人听到这话肯定会瞪大了眼睛：斗牛暧昧？你有病吧？你看看那场面，多么热闹！多么热烈！多么热情！哪一点会让人觉得暧昧？

　　但我就是觉得暧昧——请容我慢慢道来：首先，我搞不清斗牛到底算一种什么东西？我难以给它定位。

23

斗牛是一种演出吗？从斗牛场的观众席和观众观看的热情来看，显然就是。既像剧场里的文艺演出又像体育场的体育表演。但是它和其他任何演出都不同，所谓表演，就是假的，戏剧里当然要有生离死别，但是从来也不会让演员真的死去，即便是动物演员也是如此；而体育表演在于增进健康，更不会以表演者的死亡为目的。但是斗牛却必须有死亡——不是牛死就是人亡，当然绝大多数情况下都是牛死，斗牛士的死亡那是极意外的事故。从以表演者的一方必须以死亡来作为结局这一点来看，这不像是通常意义上的表演，而像是一种屠杀或行刑。

斗牛是屠杀吗？从最后牛被人杀死拖走这一点来看，显然就是。但是屠杀何必如此兴师动众、繁文缛节：又是出人，又是出马，又是扎枪，又是投镖，其过程充满了具有观赏性的程式化和形式感？那么就是一种用以示众的行刑？可行刑示众必须是对犯了死罪的犯人，牛又没有杀人，它何罪之有？而且牛要是真的杀了人——在自卫的时候顶死了斗牛士，那它就成了牛中的英雄豪杰，反而可以被特赦不死了。这显然又不是行刑，用句不恭敬的话，倒有点像人对牛的谋杀，因为人把牛牵到斗牛场中，不是为了耕地，而是要它死。

说斗牛是一种谋杀？斗牛士们决不会同意！他们肯定会说：这是一场竞赛，是一场人和牛的决斗，是一场以生命作为代价的赌注。确实，曾经有过斗牛士不幸被牛斗死的事情，据说有一个很大度的斗牛士在临死前还惺惺惜惜地赞美他的对手："真是一头好牛！"但总的来说，虽然都是以生命来做赌注，但是人的赢率太大而牛的胜算太小，这是不公平的。所以说，这既不是决斗更不是比赛，因为比赛最基本的原则就是要公平。

但是斗牛士们甚至全体观看斗牛的西班牙人都会理直气壮地说：谁说不公平啦？我们很公平啊！牛重，人轻；牛大，人小；牛壮，人弱；牛有角，人无角，所以我们要制定一些规则来使人和牛比起来不至于太吃亏——所以才要有许多人共同来对付一头牛，而不是让他们单打独斗；所以才要有骑着马的骑士用矛去刺它（而马还必须用盔甲保护起来免于受伤），所以才要有双手持镖的助手三番五次地去戳它，给它放血；所以还要逗引它让它来回奔跑消耗体力，让它最后累得基本不行了再一剑结果它。牛有两只尖角，而斗牛士只有一把利剑，这不是很公平吗？

我只好叹气了，如果说这是公平竞赛，那可真是一种自欺欺人又人欺欺牛的公平。其实，诸如许多人对付一头牛啦，人骑马马披甲啦，又用长矛刺又用短镖捅啦，甚至最后那一下用长剑对准人家肩胛骨之间的要害一剑穿心啦，都不是什么太了不得的不公平。如果人对牛，斗牛士对他的对手真的还有一点公平之心的话，就把那块假惺惺的红布给扔掉！真正地以一剑对双角来一次决斗，那才叫决斗！而像现在这样拿一块红布挥来舞去，又摆屁股又扭腰，纯粹是哗众取宠的作秀。因为西班牙人从小就对斗牛做了欺骗性的训练，牛只把那块翻飞的红布当作敌人，就像堂·吉诃德只把风车当作敌人一样，对那个舞弄红布的家伙从来不屑一顾，否则的话，只要朝着那两条腿的东西猛冲上去，看看有几个斗牛士还敢故作潇洒？只要牛头一甩，又有几个持剑的家伙敢与争锋？只可惜斗牛们上当太深，只认红布不认人。几百回里有一回碰巧挑上了斗牛士，那也是没对准红布的歪打正着。而斗牛士们却牛皮哄哄，一边骗牛对着红布进攻，耗尽体力，漏出破绽；一边悄悄瞄准了人家的要害，试图一剑穿心！而实际情况往往是：一剑不成，再来二剑；二剑不成，再来三剑；三番五次，老脸皮厚，再接再厉，不屈不挠，反正是不占便宜不拉倒，不把牛刺死不算完。唉，改一句中国的古话吧："世无英牛，遂使竖子成名！"

诸位看官，在对斗牛做了这一番分析之后，就像是对魔术戏法揭开了底，其机关就在于一块障牛眼的红布。而西班牙的斗牛，你说它是表演也好，是竞赛也好，是文艺也好，是体育也好，它之所以能够成立的基础，就在于人对牛的欺骗。

当然，牛不是人，对牛用不着讲人道，骗牛不犯法；况且此牛不是野牛，也不适用于野生动物保护法；再说了这种斗牛就是人们从小养了用来斗着取乐的，就像菜牛就是人们养了杀来吃肉的，你有什么好抱怨的？

作为牛是没什么好抱怨的，可是作为一个旁观者清的外国人，忽然就觉得西班牙人深迷其中的斗牛一下子就没什么意思了。

你没意思了，西班牙人照样乐此不疲，英勇顽强的斗牛们一批批前赴后继，英俊潇洒的斗牛士一代代英雄辈出。与风车大战的堂·吉诃德和与红布恶斗的斗牛都是西班牙的国粹。

人家喜欢，你有什么办法？

人　情

临时停车

　　列车临时停车，停在山里的一座大桥上。我从软卧包房里出来，站在走廊的窗边向外看。停车的这座桥高高地架在两山之间，后面是隧道，前面也是隧道。目光向下斜插，大概有一百多米的距离吧，能看到山谷里是一座果园，树上挂着的果实还青着，看不清是梨还是苹果。果树间的一小块地面上，有四个孩子、两只羊和一条狗在那里面玩耍。四个孩子两男两女，年龄在七八岁到十一二岁之间。山里的孩子，衣着朴素，但远远地看见他们的脸蛋是红扑扑的，像那片尚未成熟的果子中的四只已经熟了的苹果。

　　我站在车窗边，居高临下地俯望着他们。我发现他们有一个仰起头来，然后两个、三个、四个，还有那条狗，都仰起头来向上看，他们在看这一列高高地停在他们头顶上的火车，他们互相之间在比画着，或许是在诧异火车为什么停在桥上。虽然距离挺远，但我能看清他们是在笑着，显然，看着火车从他们头顶上高高的桥上轰隆隆开过，或者莫名其妙地停下不动，这给他们平静的童年生活增加了快乐。

　　我忽然想，他们能看到正在看着他们的我吗？从理论上讲，这毫无问题，在我和他们之间视线没有阻隔。但是一列火车有许多车窗，他们会注意到某个车窗前的某一个人正在注视着他们吗？他们是主人，我是过客，如果他们正在看着的并不是一条对他们的存在漠然置之的钢铁长龙，如果他们发现在这条长龙的某一个鳞片上，有一个人虽然与他们素不相识却想对他们问一声好，这是不是会使他们更加快乐一些呢？如果车窗开着，我可以试着向他们呼喊，但空调客车的窗子是封闭的。为了证实一下我的想法，我举起一只手向他们摇晃了一下。让我高兴的是，这一招竟马上有了反应：只见他们好像互相商量了一下，推出了一个代表，也举起一只手向我打起了招呼。我不能肯定这是不是对我招手的呼应，便又举起了另一只手摇晃，于是那个孩子也举起了另一只手向我摇晃，很显然，我们之间的信息通道已经形成。为了再次确认，我举起双手摇晃，那孩子也举起了双手摇晃。我把双手向上掀动，意思是不要只有一个人向我做动作，你们都来！他们很快就明白了我的意思，四个孩子全都把双手举了起来。虽然听不见声音，但我能看到他们是在开心地笑。他们开心，我也开心，那么就让我们更开心一些吧，于是我向他们做更加复杂一些的动作——我把身体向左弯，他们把身体向右弯，他们的右就是我的左；我把身体向右弯，他们把身体向左弯，我们的方向是一致的。我拍手，他们也拍手；我向他们鞠躬，他们也向我鞠躬；我原地转圈，他们也原地转圈；我试着弹跳，他们也努力蹦高，甚至连那只狗也欢蹦乱跳。这种无声的交流，实际上成了我带领他们跳起了即兴的舞蹈。既然是舞蹈，那我就索性再增加一些动作难度，我把腿向上踢，尽量踢得很高，让他们在车窗的镜框里能看到，但这次他们没有依样画葫芦地跟我学，而是抱着肚子笑成了一团，大概他们做不了这样高难度的动作，或者是不好意思做这样与他们的日常生活相差太远的动作。我的动作引起了列车员的注意，她奇怪地看着我，又不便过问，多少以为

30

我精神有点不正常。

　　列车徐徐开动了，我向那四个孩子招手告别，他们也向我招手告别。在列车驶入前方的隧道之前，孩子们一直在目送着我，那条狗也和它的小主人们一起摇着尾巴向列车告别。只有那两只羊始终在低头吃草。

小唐还钱

朋友借钱，借不借，是个问题。

如果此人手有余钱，彼人正好有困难，用此之钱解决了彼的困难，岂非好事一桩？所以肯坦言困难向朋友借钱，和以助人之心借钱给朋友，都是一种君子风度。但这会碰到另一个问题：借了朋友的钱，要不要还？这个问题一开始当然是肯定的，但事情到了后来，答案往往会往否定方面变化。

一般来说，朋友向你借钱，当时肯定是想着将来要归还的。但是如果借到手的这笔钱没有能够如愿增值，而是在投资或周转过程中损失殆尽，借钱人的心态或许就会起变化了。到期还不出这笔钱，他会因境况不佳而羞于提起；如果债权人出于情面也羞于提起，那么债务人便暗自庆幸这笔钱可以不必偿还了。这时候，当初借钱时的君子风度，也就随着囊中羞涩而羞涩了。这种羞涩可以原谅，不应该原谅的是涩而不羞。有的人从此对借钱一事进行选择性遗忘，见了朋友不再提起，而如果朋友明白要求还钱，甚至会恼羞成怒，责怪朋友不够朋友，或者退避三舍，或者反目成仇。最好的情况是，彼此依然一团和气，但是心底已不可避免地有了嫌隙，原先的信任已不复存在。

所以朋友借钱，借与不借，是个难题。

　　我一向认为如果你的余钱能帮助朋友解决困难而不损失，这是闲钱最好的去处。但一个人的朋友是有限的，社会上需要钱来投资和周转的人是无限的，于是银行这类金融机构便为互相不认识的人来解决这个问题。你向银行借钱，可以，但要有信誉和抵押。否则人人借钱不还，银行怎能维持？朋友之间借钱，可以不要抵押，但是须有信誉。有借有还，再借不难，这是祖宗留下的老话。但在当今社会，祖宗留下的坏毛病，我们没丢掉多少；祖宗传下的好习惯，我们却丢了很多，比如礼、义、廉、耻、孝、悌、忠、信……特别是这个"信"字，很多人都已不信了。所以一般的朋友要向你借一笔较大的钱，你敢信他吗？如果是特别好的朋友向你借钱，出于情谊你不能不借，但借出的同时，你就是在冒一个大风险：好的结果是，钱在，朋友也在；坏的结果是，钱没了，朋友也没了，起码已不复是以前那个可以信赖的朋友了。所以有些洞悉人性弱点的人，比如钱钟书，从来不借钱给朋友，朋友要借一大笔，我宁可送你一小笔，不指望你还钱，以免钱、情两失。但这样也有个问题，对于真正需要一大笔钱来渡过难关的朋友，只能是杯水车薪。

　　一杯水固然无助于解车薪之急，但是很多杯水聚成一桶，就不一样了。这让我想起了小唐借钱还钱的故事。小唐姓唐名建新，苏州人氏，是我在前线话剧团的同事，舞美设计师。20 世纪 90 年代初，小唐从团里转业，想自费赴德国留学，但囊中羞涩，无论是微薄的工资还是他的家境都无法支持他的这一理想，而身边的朋友同事谁也不可能借那么一大笔钱给他。于是聪明的小唐采取了一个聚沙成塔集腋成裘的办法，化整为零，向他认识的每一个熟人借钱，每人不多借，三五百元而已，并且给每个人都认认真真地写下借条。因为所借不多，大家都乐意解囊，并且都没有把他的借条当一回事，同事、朋友一场，几百元钱，只当送了。小唐当然也向我借钱，那时我家刚被小偷洗劫一空，只把仅有的一百美元借给了小唐。小唐照例认真地写了借条，但我只当是一点点赞助，借条早不知扔到哪里去了。说实话，小唐人缘不错，团里的同事都是以借为送，因为钱少，谁也不指望小唐还。

小唐拿这笔集资款自费去了德国，在那里学成并定居，后来听说把老婆孩子也接过去了。时间一长，大家都淡忘了小唐，也淡忘了小唐借钱这件事。没想到数年之后，他的一位好友受小唐之托，拿着小唐当年借款时的登记本，挨家挨户地登门还钱了。这一事情使团里的同事们大为惊讶，这事我们早都忘了呀，没想到小唐没忘，真的来还钱了！几百块钱的事，这么认真。

小唐是个很有想法的舞美设计师，1989 年时我们曾有过一次合作机会，后来我那个戏因为当时的政治原因不能排了，他的设计方案也就废掉了。时过境迁，小唐已多年没有联系了，但团里的同事，都会记得小唐还钱这件事。

对 绝 对

春日某晚，好友乔良发来一短信："小大姐，上河下，坐北朝南吃东西。"

附有说明："此为淮安城里一著名绝对，小大姐专指称未出阁的姑娘，河下为当地一镇名，东西一词可双解，既指方位，又指物品，在这里是指吃的食物。故对起来甚难，有意试一下否？"

淮安的河下镇我去过，这一条绝对的上联就刻在某家著名饭店的廊柱上，据说从乾隆年起，包括纪晓岚在内的许多文人雅士都没有对出很工的下联。当时听陪同的朋友说起，一笑而过。没想到前几日乔良也去河下镇那家饭店吃饭，或许是那家的淮扬菜做得确实好，激起了乔良要对此绝对的兴趣。开始我并未认真，感于时事随便对了一联，开玩笑而已，谈不上工。少顷，乔良短信来了：

"老少爷，去怀来，尊父敬母拜兄弟？或者：化敌为友拜兄弟？"

前半联用"老少去来"对"小大上下"没有问题，但后半联不能算工。

我回短信："尚缺一点，兄弟不能双解。拜师访友看弟兄，如何？弟兄可指自家兄弟，也可指外面的朋友。"

乔发短信："这也是我所虑，况敌友兄弟又不能跟南北东西成对词。"

我发短信："酒浓茶淡弈黑白？或曰，谈天说地观风云？"

乔发短信："浓淡黑白不对南北东西，非拿下不可，只差一字了。"

我发短信："闯江荡湖弈黑白？经天纬地论山水？"

乔发短信："谈黑论白访江湖，如何？黑白江湖也是成语。"

我发短信："还是不太工，要完全对应南北东西比较难，所以人家那是绝对呀！还是想在黑白上做文章，黑白有颜色与围棋二解，还有是非之意。工不能胜以意胜吧？山浓水淡弈黑白，如何？"

乔发短信："黑白不错，但与怀来押韵不舒服。"

乔又发几条短信，分别为："江深湖浅拜兄弟？" "称兄道弟闯江湖？"

还有："攀高就低知深浅？亦可成另一种人性意趣。"

虽然能对上，但总觉不够工。上半联的问题好解决并且已经解决，难度在于下半联的南北东西，要完全对上，确属不易。时间已近半夜，我关了手机，上床睡觉。第二天一早醒来，忽然想到"春夏秋冬"四字不正好可对应"南北东西"吗？以四季气候对四个方位，东西有双解，春秋亦有双解。于是马上打开手机给乔良发短信：

"老少爷，去怀来，过冬历夏阅春秋。"所阅之春秋，既可以是季节，也可以是孔子编写之《春秋》，当史书解。

少顷，乔良回复短信："好，经冬历夏阅春秋！"

他将"过冬"改为"经冬"，这样以"经而历之"对"坐而朝向"，以"冬夏"对"南北"，以"春秋"对"东西"，算是完全对工了。

一会儿他又打来电话道："老少爷"一词，既可当年纪很大的少爷讲，也可当小少爷讲，因为在北方语言中老亦为小，如老姨，就是小

36

姨。而老少爷们儿，可以当男子汉讲。再说，"阅春秋"，其意境显然比"吃东西"要高一筹。如此一对，不仅不缺工整，意境也超越了上联。可以告诉那家店，绝对已有匹配，让他们把下联给补上了。

谁的剑更锐，谁的甲更坚？

　　对于英格兰和法兰西这两支劲旅的狭路相逢，希望谁赢，都在情理之中；希望谁输，都不在情理之中。那么，干脆希望他们打个平局？那就更不在情理之中了。那么胜者是谁呢？这里没有突爆的冷门，只有激烈的火并。虽然一个硬币只有两面，但不到最后一刻，你还真不知道硬币落地时面朝上的是拿破仑还是惠灵顿。对英国和法国这两支球队，我都有一份偏爱。如果英国队和别的队打，我会希望英国队胜；如果法国队和别的队打，我也会希望法国队胜。但是英国队和法国队打，我只能希望打得更好的那个队胜。至于哪个队打得更好，不到最后一刻还见不了分晓。足球的魅力，或许就在这里。

　　我对英国队的喜欢，不但在于它简洁硬朗的风格，更在于它"费厄泼赖"的绅士风度，赢得起也输得起，比如当年和阿根廷的那场球。足球是脚的较量，但大牌球星马拉多纳却用一只小手把关键一球捅进了球门。裁判没看见，但观众看见了，英国球员看见了，事后回放的录像也证实了这一点。但英国队却坦然接受了这场球的失败。或许他们认为足球毕竟只是足球，并非战争。战争倒可以视为一场足球，况且他们英国人刚刚在马尔维纳斯那个大足球场上踢赢了人家一场，眼前的这场球，就让阿根廷人赢了又怎么样？

我对于法国队的喜爱，在于它的浪漫风采。法国人是搞艺术的行家，所以踢起足球来，也把艺术味玩得浓浓的，如诗如画，让人赏心悦目。这方面的代表人物是当年的普拉蒂尼，那时候看法国队踢球，简直是一种艺术享受。足球界的普拉蒂尼就像围棋界的武宫正树。武宫正树所创的宇宙流，那优美的棋形迷倒了多少棋迷？但论实战的胜绩，他就比不上小林光一和赵治勋了。对抗性强烈的竞技项目太艺术化，实用性未免就要差些。所以20世纪80年代的那一届世界杯，我只能遗憾地看着普拉蒂尼率领的法国队止步于决赛场外。但是几年前的法国世界杯，法国队领军的灵魂人物由诗人般飘逸的普拉蒂尼换成了罗马士兵般坚毅的齐达内。这位沉稳敦实有如冉阿让般的高卢人，那一个被短绒黄毛环绕的秃顶竟成了足球场上的太阳，虽然有时也被乌云遮掩，一旦跃出了云层，便会光芒夺目。记得在法国世界杯上，在最后三场比赛中，齐达内分别以三粒、两颗和一个进球把法国队一步一个台阶地带上了冠军的宝座。而在下一届的韩国世界杯中，他的伤痛，就是法国队的伤痛；他的力不从心，也是法国队的力不从心。

　　这次的英法对决，在某种意义上是贝克汉姆和齐达内的对决。就像两个水平相当的剑客，在剑长相同的情况下，看谁的盔甲更坚；在盔甲相同的情况下，又得看谁的剑锋更锐。首先刺穿法国人盔甲的，是贝克汉姆那个漂亮的任意球，剑锋在兰帕德头上一折，刺入法国人肋下。然后法国人长剑频挥，都在英国人的坚甲前无功而返。但不到最后时刻，胜负岂能轻言。一报还一报，最后两分钟，齐达内终于等到了属于他的那个任意球，剑锋到处，坚甲洞穿。在此之前，巴特斯这块甲片，挡住了贝克汉姆的致命一击。而齐达内因为亨利的勇猛突破得到的那个点球，再次击穿了英国人的胸甲。

　　披坚执锐，球场如战场。高手过招，胜负只在毫厘之间。而凡人看球，只能叹为观止。

老锁不认新钥匙

俗话说，一把钥匙开一把锁。其实不对，买锁的时候，一般都配有三四把钥匙。所以准确地说，应该是一种钥匙开一种锁。正因为锁认同某一种和它匹配的钥匙而并不只限于特定的一把，市面上才有了配钥匙这个行当。

但是，当俗话成了格言，它的真理性，总是能在某种场合下得到有效的验证。

我的办公室门上是一把老式的司卜灵锁，因为用了很多年，其间也经过不少人的手，它的原配钥匙只剩了一把。如果不小心丢了，不是就开不了门了吗？于是便想起再去配一把。配钥匙在过去那可是个技术活，认真地锉，仔细地磨，就像是在修理钟表。而特种机器的发明取消了许多古老的技术，现在配钥匙则成了一个极简单的过程，只要把原钥匙和钥匙坯同时往机器上一夹，砂轮按照钥匙的齿痕在钥匙坯上走一下，取下来再用钢锯条稍微一刮，就成了。看那新钥匙，消瘦单薄，连铜的成色也比老钥匙差了很多，但那有什么关系，半分钟，一块五毛钱，配钥匙的说，能开锁就行。

但是不行，我拿回来开锁，能插进去，能拔出来，但就是开不了锁。于是我拿回去，请那人再次加工，来回折腾了三次，打不开就是打不开。他不好意思了，说，我退你钱吧，便把那把开不了锁的可怜的钥匙折断了。

　　过了一些时候，我想，还是得再配一把钥匙，于是另找了一家配钥匙的。一问价，两块钱配一把。价钱贵一些，技术大概也要高一些吧。我特地告诉他：我这把钥匙不太好配，前一个人返工了三次都没解决问题。这个人说：没问题，我包你钥到锁开。配回来以后，把新钥匙往锁里一插，那感觉就不对。老钥匙插进去通畅顺滑，新钥匙插进去却滞重艰涩，转了一圈，好不容易开了一次锁，钥匙却怎么也抽不出来了，不但抽不出来，连往回转一圈也转不动了，硬是卡在了锁里。我心中懊恼：这叫怎么回事，本来一把钥匙一把锁也就算了，现在新钥匙强占了老钥匙的位置不肯退出，连老钥匙也废掉了。无奈之下，只好找来工具把锁卸下，想到杂物堆里还有一把闲置的老锁，便把那把老锁的锁芯换上。然后拿着这个锁芯和拔不出的钥匙去找配钥匙的。配钥匙的好不容易把新钥匙拔了出来，说我这钥匙没问题，是你的锁芯坏了。我说不对呀，如果是我的锁芯坏了，我的老钥匙为什么进出开合自如呢？我把老钥匙插进去，依然可以旋转，但滑畅的手感已被破坏了。我退出老钥匙，配钥匙的再次把新钥匙插进去，这次是死活拔不出来了。他说，这是你锁的问题。我说：我的老钥匙开锁没问题，你给我配的新钥匙不但开不了锁还报废了我的锁和老钥匙，怎么是我锁的问题呢？

　　他委屈地说，算我倒霉，新钥匙总有点毛刺嘛，你锁里的弹簧和弹子太老了，接受不了这点毛刺，不就卡住了吗？

　　原来问题出在这里，一把过于沉湎于旧日情怀的老锁，和一把毛毛楞楞的新钥匙，虽然齿痕线条是一样的，但是细微处的接触却完全不同了，于是老锁和新钥匙死于一次不成功的磨合。

　　无独有偶，换上的那个老锁芯，也是只有一把钥匙。我决定不再给它配新钥匙了，一配，说不定又是一个悲剧。

　　老锁和原配钥匙的这种关系，大概就是生命的默契吧。

景　致

心动天门

张家界现在的名气是太大了。

且不说国内和国外的四方游客络绎不绝，单说韩国，据说有百分之八十的国民都来过张家界。想想二十多年前我一头闯进张家界纯属偶然，20 世纪 80 年代初有一次我坐火车到长沙，遇瓢泼大雨，出不了站，在月台上听人说有一趟开往张家界的列车，临时改变计划就上了车。开开停停走了十多个小时才到大庸，也就是现在的张家界市。那时火车站外完全是一派乡野的样子，也没有进县城，就去了景区。爬了黄石寨，走了金鞭溪。但回来后，才有知情的朋友告诉我：你只是走了张家界的一个角落，还有大片景区你没涉足呢！二十多年后再来张家界，才知道这里除了我曾走过的那两处地方，还有索溪峪、袁家界、天子山、杨家界、黄龙洞、宝峰湖……总称为武陵源。一个城市拥有这么丰富的自然风景资源，实在是让人叹为观止。但是这还没有完，在这一大堆美丽风景之外，还有一处绝妙天成的景观，那就是天门山。我想，如果把整个张家界比作一台精彩纷呈的戏剧的话，其他所有都是推波助澜的铺垫，天门山才是真正的高潮。

或许是应了高潮总是在最后才出现这个戏剧规律，虽然天门山距市区的距离最近，只有八公里，在城里抬首可见，但它真正进入世人关注的视野，却要晚得多。起码在我 20 世纪 80 年代初到张家界的时候，就没有听说附近还有一座天门山。后来知道天门山，还是因为飞机穿越天门洞的事件。那时候我还不知道天门山是独立于张家界景区外的另一座大山，而是把天门洞和当年爬黄石寨时路经的一个不太大的透空山洞弄混了，一直在奇怪，那么小的一个洞，真的能穿过飞机吗？

直到这次来到张家界，刚下了飞机，站在停机坪上望去，一座大山就横在面前，山体上赫然一洞，裂岩穿空，虽然远隔数里，但已感到那洞的磅礴贯通之力，那山的卓尔不群之姿。这肯定不是我记错了的那个张家界景区里的小山洞，而是一处了不起的天工造化。我的心，已经在为它怦然而动了。

按照通常的安排习惯，当地主人第一天带我们去了张家界的主景区，也就是黄石寨和金鞭溪。此地我虽来过，但二十年前爬黄石寨时是炎炎夏日，挥汗如雨。这次上山是乘坐缆车，众多游客排成的队如九曲回肠，人挤人的等着自然乏味，但上了缆车速度却极快，数分钟便如直升飞机一样跃上山顶。自己无须挥汗，但峰岩之间云挥雨洒，与二十年前登山是完全不同的味道了。下午走金鞭溪时雨停了，但两侧数百奇峰间依然云缭雾绕，与二十年前的行走又是一番不同的感受。第二天按计划应去天子山和袁家界，但因所参与的工作进展不顺利，我们只好放弃了游览，把时间用于工作。第三天上午依然用于工作，而晚上离开的机票已经订好，在张家界的时间只剩半天了。主人建议道，下午是不是就近到土司城去看看土家风情？并没有着重向我们介绍天门山。但是我的心扉已向着那扇天门洞开了，说：去天门山！

同样是国家森林公园，同样是二百五十元左右的门票，不知道为什么张家界索道前人满为患，而天门山索道站却门可罗雀。我们去时，偌大的一个站里只有我们几人。在这条上下高差一千二百七十九米，全长

46

近7.5公里，据说是世界上最长的观光索道上，在上了又下，下了再上，上了再下，几番上下后最后凌霄拔空直上的长长运行途中，我们感受到了天门山原本拒凡尘于身外的那种凛然傲气。虽然直线不过八公里的距离，但没有索道时，要接近它的天门和崖顶，不知要经历多么艰难的攀跋。据我们的导游说，原先他们一群年轻人从早上七点直走到下午五点才爬到天门洞下，当天下不了山了，只能住在山上临时的帐篷里。

我们此行的准备不充分，留给天门山的时间太短了。要看方圆有数平方公里之大的山顶，就无暇去看天门洞了。于是上了山顶只草草一望，便乘回程索道到中间站，再转乘景区环保车，经一共九十九弯的通天大道驶向天门洞下。由人工建设的天门山索道和由人工修筑的通天大道，都堪称天下奇观。这里无须赘述，前去游览者自会有一番惊心动魄的体验。但是比起由天工凿开的天门洞来，便又真正是小巫见大巫了。

天门洞的简单介绍是这样的：世界最高海拔的天然溶洞，三国吴永安六年（263年），嵩梁山千米峭壁轰然洞开，玄朗如天门，成为天下奇景。洞为南北对穿，门高131.5米，宽五十七米，深六十米，拔地依天，态势崔嵬，影落沧溟北，云开斗柄南，宛若一道通天的门户。

攀行在一径笔陡直达天门底端的上天梯之上，面对两侧森然绝壁和正面一洞穿空，你不得不感叹大自然造物的无理于天地却有情于人心！这万仞大山，这千尺巨洞，难道是为天造、为地设吗？非也。为天而造的山，有东南西北中五岳并耸，还有超越并囊括了五岳之雄、之险、之奇、之秀、之庄严的黄山在那里，也就足够了。为地而设的洞，有黄龙洞、善卷洞、芦笛岩、瑶琳仙境等林林总总，洞中有钟乳、有石笋、有天窗、有暗河，也就足够了。

我觉得，这天门山，分明是为人世、为人心，甚至是为人体而设的。

先说为人世而设。

天门山有六大未解谜团：天门洞开、天门瑞兽、鬼谷显影、野佛藏宝、天门转向和天门翻水。这些谜团若仔细探寻，各有其妙，并都与人间世相有关。

最让我觉得有趣的是天门转向之谜：

据说七八十年前，站在大庸县城澧水河边的南码头，就可以清晰地看见山体上洞开的天门。而现在，站在原地却只能看到山体而看不见穿山透空的天门洞了，要到四公里以外的大庸桥公园才能看到。难道天门洞真的在由北朝西北方向悄然转动吗？这用地质学的道理恐怕是解释不通的。是山不转水转；还是水不转山转；或者是山也转，水也转，人依水看山的地点也在转；或者是山水根本都没有转，而只是看山人的位置转了，而他自己却认为自己没有转……谁知道呢？了不起的魔术师大卫·科波菲尔能让观众确信他让自由女神像挪了地方，难道大自然的造物主就不会玩一点小小的魔术吗？

再说为人体而设。

人分男女，体分雄雌，天地分阴阳。

中国的传统理论，常用阴阳来说男女雄雌。阳刚为雄，阴柔为雌。而天门洞和它两边的峭壁，却是一个阳刚美与阴柔美完美的统一体。山体耸凸为阳，山洞凹陷为阴；绝壁凌霄为阳，壁上沁泉为阴。看天门山的山形与洞态，我有一个联想。说这联想，需要有个前提。如果羞言男女之事，认为言及裸露的人体和人体的某些器官是下流的和可耻的，那就不说也罢。如果能坦然地谈及男女性事，能以审美的心态去看待人体，并且有些地方的山形洞态酷似阳具和女阴，人们前去观看瞻仰并不被认为是有伤风化的话，我觉得这里也是可以一说的。

走在天梯之上，看天门洞两侧的山壁如一双分开的巨股，那么巨股结合处的那个长条形巨洞像什么也就不言自明了。洞顶累岩如丰腴的阜地，洞额上方一处三角形的凸石如美妙的蒂蕾，最绝妙处在于洞顶一条石缝中终年有一股细细的泉水涌出，从上面飘洒而下。这应该是山之女神动情的津液吧。当地人把这天降泉水叫作梅花雨，并在雨落之处修建了一个接泉的水池。而我觉得叫梅花雨还不能道尽其妙。因为那股细细的泉水从天而降，在落下的过程中被穿洞而过的南风吹散开来，形成一道美丽的弧线，而当风的强弱有所变化时，那条由细变宽欣然落下的水线也在随风摇曳着，如美女的腰肢，如飘舞的裙裾，实在是妙不可言。我仰头在那里看着，当场口占了四句：

一线飘曳，万点仙珠，随风袅娜，天下绝无！

我想，这一道景观，或许叫作"天珠泉"更有意思些。

说天门洞像一个巨大的女阴，只是在洞下的感觉。而当你乘车经过曲曲折折的盘山公路下到山门之处，回首再望时，天门洞看不见了，而天门洞右侧的峭壁此时却成了一根高耸而起的阳柱。然而当车再往山门外开出百十米远，被一座小山峰挡住的天门洞又显露了出来。由此，我想到了苏轼题庐山西林壁的那首著名的诗："横看成岭侧成峰，远近高低各不同。"对于天门山，我又狗尾续貂加了两句："山前抵近觑阳柱，百步退望开阴门。"

最后再说此山此洞是为人心而设。

歌星李娜在天门山上住过一个月，她的心门从此向佛祖洞然敞开，毅告别红尘，遁入空门。我想，这必定是她在与天门山朝夕神交之后感悟到了某种东西。而她住过的小屋，如今也成了山上的一个人文景观。来天门山的人未必都要顿悟学佛，世上可学的学问，可行的善举有很多种，但人们面对这样壮观洞开的境界，总得思考一点什么才好。

李商隐诗云："身无彩凤双飞翼，心有灵犀一点通。"古时候的人们因为交通工具的限制，两个远在异地的相思者，要跨越空间的距离，就只能靠互相之间心中的灵犀之窍相通。现在的人们，几乎人人都可以插上远胜过古代彩凤的双飞翼，这一点在我们乘晚班飞机离开张家界时感触犹深。那机场热闹繁忙拥挤的就像个火车站，有些没有足够椅子坐的乘客只能席地打牌，使得后面来的人拖行李都得每每擦着他们的屁股，这些都是借着现代彩凤的双飞翼飞来又飞去的游客啊。这些远方的游客大都是奔着张家界北面的那一大片秀丽风景而来的，但是，其中不少恐怕都忽略了就在张家界市区南面仅仅八公里处耸立着的天门山，并与山壁上的天门奇洞失之交臂。我为他们感到遗憾，因为张家界、索溪峪、袁家界、天子山，这些山景水色固然很有特色，但和其他地方秀丽壮美的山水也只是比肩而立。但是天门山上这个贯穿山体，把地上渺小的人和高远无际的天连通起来的浩然巨洞，才是张家界真正的灵魂之所在啊！它给人们的启示应该是：

天有道，地有情，山有灵犀。那么人呢？

现代的人们，借助于飞机这样的交通工具，可以轻易地跨越空间的距离。但是人与人之间、这一群人和那一群人之间的隔膜，是否能像空间距离这样轻易地跨越？而人心与人心之间的那一窍灵犀，人心与大自然之间的那一窍灵犀，是否能像天门之洞那样豁然敞开呢？

换一种眼光看山水

对于大地来说，能够改变它平坦、平展或者说是平庸面貌的，无非是两种东西，山和水。当然，这里把人排除在外，把人类所建造的高楼大厦和各种改变地形地貌的工程排除在外，只谈自然形态的山和水。

中国自古就有仁者乐山，智者乐水之说。这从某种角度对山的沉稳、水的灵动做了一个佐证。因为仁者是博大的、宽厚的、恒久的、稳定的；而智者是聪慧的、灵活的、善于随机应变也善于因时改变的。他们所喜爱的山和水，其实是他们自己的本性。

人们对于水灵动善变的看法，首先是来自水的自然形态。除了静止的池塘和水井，大地上的水，无论何地何处总是在流动着，从高山流向平原，从平原流向海洋。刚从石缝里渗出时叫泉，泉汇流到一起叫溪，溪汇到一起叫河，溪与河在两山之间叫涧，从悬崖上跌落下来叫瀑，所有这些从高低不平的山间流下来泉溪河瀑汇成一条又一条大江大河，一片又一片大湖大泊，最后都归入大海。正是它们迢迢千万里奔向大的海的征途，在大地上雕刻出了各种不同的景观。其次还在于水的物理形态，水是善变的，随着温度的不同，它会变成坚硬的冰、流动的水、晶莹的雪、粉末般的霜和飘忽的云雾。

对于水这种善变的性格，人们有一个贬义的成语：水性杨花。而对于山，则似乎没有这种不太恭敬的闲话，稳如泰山，就是对山最好的赞美。而山，也永远以它的稳定性赢得了人们的尊敬。古希腊哲人说过："人不能两次踏入同一条河。"那意思是：时间和水都是在流动的。但是不同时代的人们却总是在爬着同一座山，我们现在爬的泰山，也就是秦始皇和汉武帝爬过的泰山，古人在山石上刻的字，我们今天依然能看见。虽然山也会给人带来一些麻烦，比如山洪暴发或者泥石流奔泻，但那不也是因为水的携裹吗？如果山的稳定性遭到了破坏，那就是山崩地裂，天塌地陷，离世界末日也就不远了。

但是如果我们换一种眼光，把所观察的对象在时间上和空间上都放得宏观一些，我们就会得到不同的印象：山是灵动的，而水是沉稳的。

以人的时间来看山，山何其巍峨稳固，岿然不动。然而以地球的时间来看山，就知道山这种东西是多么的灵活多变，在大陆板块碰撞引起了造山运动的那个时候，这儿耸起了一个山系，那儿又冒出了一条山脉，这儿隆了出来，那边又陷了下去。且不要说在以后的岁月里，黄山是如何变得千峰竞秀，而华山又是怎样变成万仞壁立的。在这一种形态的地貌上，会突然冒出一座完全不同的山，唤作飞来峰；而在那一座山峰上，又不知是谁放上了一块欲坠非坠的巨石，随风而动，名叫神仙石。凡此种种，不一而足。更为令人惊心动魄的，是儿时读过的一本名为《幽灵岛》的书：那个在大海的风浪中巍然屹立着，见证着主人公生命和爱情的小岛，竟然如变魔术般说不见就不见了。岛，不就是海中的山吗？

和这样的山相比，以这样宏观的视角来看待自然，其实山是灵动的，而水才是沉稳的。山起山落，大陆漂移，而蓝色的大海，深厚的大海，却始终稳稳地包裹着我们的地球。有一首南斯拉夫民歌这样唱道："深深的海洋，你为何不平静？不平静就像我爱人，那一颗动荡的心。"现在我知道了，那歌词写得不对。海洋因为其深，它永远是沉稳而宁静的。不平静的，只是海洋动荡的皮肤。

在库鲁克塔格两侧

　　离开乌鲁木齐的时候，朋友告诉我：你应该要一个靠右边舷窗的 F
座，那样可以看到博格达峰。可当我赶到机场办理登机手续时，已经没
有靠右边舷窗的座位了，我只得到了一个飞机前舱靠走道的座位。飞机
起飞的时间是八点三刻，在新疆，时间比内地晚两个小时，起飞的时间
正是太阳升起的时候。果然如朋友所说，当飞机拉起，由北转向东飞行
时，高度与海拔五千多米的博格达峰差不多齐平，这时太阳正从东方升
起，万支金矢射在博格达积雪的峰顶上，是一种极其壮观美丽的景象。
可惜我的座位不佳，只能隔着走道从别人的舷窗缝里偷窥这一美景。这
时候我看到第一排右侧靠舷窗的 F 座竟没有坐人，只是放着 E 座乘客的
一件衣服和一个手包，我连忙过去俯身和他商量："对不起先生，我想
看一看博格达雪峰，可以让我在这里坐一小会儿吗？"但那个乘客大概
是嫌我吵了他的瞌睡，不但不愿与人为善，反而恶狠狠地拉下舷窗的遮
光板："看什么看，有什么好看！"我真想强行挪开他的东西一屁股坐
下去，但是，为了看一眼博格达峰就和这样没意思的人吵架？那还有观
赏雪峰的情绪吗？我退出来，向长长的机舱里望去，我以为要了 F 座的
人都是想看博格达峰的，但是我看到靠右舷窗坐着的大多数人不是在闭

目养神，就是在与邻座聊天，没有几个对舷窗外的大自然美景感兴趣，我的心一下子就凉了。我想坐这班飞机的有不少应该是新疆人吧，而新疆之所以是个好地方，就是因为天山上有像博格达这样的雪峰存在，没有天山融雪的滋养，这片广袤的西域只能是一块无人生存的不毛之地。如果自然有灵，那么雪峰就应该是新疆这片土地的养育之神。现在无须你跋山涉水地去朝拜它，那自然的神灵正把它的美丽与壮观横陈在你的舷窗之外，人们啊，你都无心去看它一眼吗？是司空见惯熟视无睹，或者根本就没把它当一回事？我回过头来，发现前面的商务舱基本空着，便去找了一个靠右舷窗的座位坐下，去欣赏从天山山脉上陡然耸起的博格达雪峰，美景入目真是一种让人心胸开张的舒畅。过了片刻，空中小姐过来对我说："先生，你是普通舱机票，不可以坐在这里的。"我说："我只想看一下博格达峰。"空中小姐说："你如果想坐这里的话，可以升舱。"我想，如果能够好好地看一看博格达峰，花钱升舱是值得的，但就在我们说话的时候，博格达峰已渐渐在侧后远去。

　　我坐回到我的座位上，闭上眼睛。飞机正在飞离新疆而去，但是这些天来被我反复摩挲的一本新疆地图册，却像机腹下的大地一样，在我眼前铺展开来。

　　占中国国土面积六分之一的新疆，是这样一块地方：它的北边是阿尔泰山，它的南缘是绵延数千公里的昆仑山和阿尔金山，而天山山脉则横亘在中间。在天山和阿尔泰山之间是准噶尔盆地，盆中装着的是古尔班通古特沙漠。在天山和昆仑山之间是塔里木盆地，盆中盛着的是塔克拉玛干沙漠。在这三条山脉当中，对新疆最有意义的是天山，它的意义在于它的高度和宽度。天山山地的一般高度在海拔三千五百米到四千五百米之间，正是雪线游移的高度。许多高峰在海拔五千米之上，它们的身高拦阻了高空的水分，因而终年积雪，使之成为河流的源头。而天山山脉的宽度在二百五十公里到三百五十公里之间，这样宽阔的胸襟，使它能够拥有广大而众多的盆地和谷地，如哈密盆地、吐鲁番盆地、焉耆盆地、尤尔都斯盆地和伊犁河谷盆地，这些新疆最好的盆盆碗碗，都在它的怀抱之中。天山山脉因为有了它的高度和宽度，才可以造就众多的河流、森林和草原，因而才能够在这片荒僻之地上养育众多的民族和人民。天山山脉还是一个气候的分界线，在它的两侧气候差异明显。北疆属大陆性干旱半干旱气候，年降水量一百到五百毫米；南疆则属大陆性干旱气候，年降水只有二十五到一百毫米。所以北疆多绿色的森林和草地，而南疆——曾经有一位南方知识青年支边来到新疆，被征求意见：愿意到南疆还是北疆？他理所当然地认为是南方比北方好，坚持要去南疆，结果他看到的南疆，只是一片黄色的沙漠。如果没有天山的存在，整个新疆将是一个更大的盆地，装着一个更大的沙漠而已。

新疆的这种三条山脉夹着两个盆地的地理结构，最初是由俄国探险家普尔热瓦尔斯基标注在中亚地图上的。由这位俄国探险家开始，在新疆的近代史中，你可以看见一系列来自西方的探险家的身影，其中最有名的是瑞典人斯文·赫定。20世纪初，斯文·赫定在做穿越塔克拉玛干沙漠的探险中发现了在历史上湮没已久的古国楼兰，引起了世界的瞩目。一个世纪以后，我应新疆军区文工团之邀，要为他们创作一个以楼兰为题材的舞剧，于是有了我的这次新疆之行，也因此有了一些对新疆山川大地的感受。

在新疆行走，总是处在两山之间。走在北疆，是处在阿尔泰山和天山之间；走在南疆，是处在天山和昆仑山之间；走在南疆的东端，则是处在库鲁克山和阿尔金山之间。而它的首府乌鲁木齐，是被夹在东西天山的裂隙之间。那个被一首著名的歌曲唱得全国都知道的达坂城，就在乌鲁木齐的郊区，以它为界，天山分为东西两部分。西段天山山势高峻，山脉延续，冰川发育，较少断裂垭口，南北交通困难；东段天山除博格达山外，山势较低，山脉绵延不远就有断裂和垭口，因而成为历史上沟通南疆和北疆的交通要冲。乌鲁木齐在天山北麓，想要去看看塔里木腹地中的楼兰，我们往南疆走的第一站是处在天山南麓的库尔勒。我和新疆军区文工团赵团长等一行八人，开着两辆老旧的吉普车出发了。

从达坂城出了东西天山相交处的垭口进入托克逊县境，就已走上了戈壁山地。再向南行，就要穿过阿拉沟山和觉罗塔格之间的山沟，当地的司机都叫它"干沟"。这个名字起得再恰当不过了，这条从两山之间穿过有数十公里长的路段，全是干得能够冒烟的灰褐色，不要说树木，任你瞪大了眼睛，也找不到哪怕是一丝绿色的草影。只有当快要走出干沟时，才能看到一两丛矮草，连那草也是一种濒死的灰褐色。其实阿拉沟山和觉罗塔格也是天山中的小支脉，在这一段只因为身高太矮，够不到高空中流过的水汽，所以才干得像一片难看的牛皮癣。

穿过干沟，我们在库米什小镇停车吃午饭。趁着新疆特有的大盘面还没端上来时，我在桌面上摊开地图，指尖顺着库米什向南一滑，就像触到了一个异物，我触到了它——库鲁克塔格。

这是一条孤独的山脉，在东半段天山的最南端横陈着。从等高线上看，它的高度约在海拔两千米到三千米之间。长数百公里，西抵库尔勒，向东一直延伸到接近甘肃的北山，隔开了吐鲁番盆地和罗布泊洼地。虽然它在总体走势上也属于天山山系，但仅从地图上看，就有一种感觉：它和整个天山格格不入。它的另类之处到底在哪里呢？在它和阿拉沟山之间，是焉耆盆地，盆地中蓝色的一小块，就是平卧在那里的博斯腾湖。在它的南麓，就是塔里木盆地和塔克拉玛干沙漠东缘的那一大片罗布荒原，在古代曾是一个巨大的水泽。而我们想要去看的楼兰古城，就在荒原上靠近这条山中部的地方。我们此后数天的行程，就是从它的北边经过它的西边跑到它的南边，再从它的南边经过它的西边又回到它的北边，其实就是围绕着这座山画一个大大的半圆，而它似乎成了左右我们行动的圆心，即使远在数百公里之外，好像隐约也能看见它那一条山脊。库鲁克塔格，这个名字，似乎在冥冥中命定着什么？

看见我的手指停在那里不动，同行的维吾尔族作曲家吾布力向我解释说："库鲁克，在维吾尔语中是干的意思，而塔格，就是山。所以库鲁克塔格，维吾尔语的意思就是干山。"我恍然大悟，对了，它的另类之处，就在于这是一座名副其实的干山。在地图上看，新疆的山，无论是北面的阿尔泰山，南面的昆仑山和阿尔金山，都有一些细细的蓝线从山上伸向较低的地方，那些就是发源于山地的河流。而河流的两边，就是人群聚居的地方。只有这一条库鲁克塔格，它的身上没有一丝蓝线。也就是说，在它数百公里长的山体上，就连一条极细的小溪也没有为大地奉献。这座愤世嫉俗的干山啊，这个桀骜不驯的名字啊，到底是它在拒绝水，还是水在拒绝它呢？

从库米什开出不久，我们就进入了焉耆盆地。这个盆地，北依天山，南边就是库鲁克塔格，西边是霍拉山，东边是由库鲁克塔格延伸下来的库鲁克沙漠。焉耆盆地中有许多绿洲，是新疆的一块好地方。车沿着北边的天山向西行，这时候，我便感受到了地图上从山上伸延下来的那极细的蓝线，在真实的大地上是什么样的一种效果。在戈壁荒漠上，一连几个小时看到的都只是毫无生命迹象的灰沙与砺石。但是突然，你的眼睛遭遇了一线绿色，那细细的绿色是从山的斜坡上开始，在靠近平地处渐渐地粗壮和茂密起来，形成一片绿洲。于是你想到，从这儿的山里必定有一条哪怕是极细的河水流了下来，在滋养着山脚下戈壁上这一片或大或小的村庄或农场。当汽车从绿洲边上驶过，你能看到白杨树下的水渠和河道里有清冽的水，或潺潺，或滚滚地流着。这时候，你就仿佛听到了远方天山高处冰雪消融的低吟浅唱。在多雨的南方，人对水熟视无睹，任多少条河流千姿百媚，心也常常不为所动。只有到了荒漠上才知道，哪怕一条极细的河流竟也是如此动人。继续往焉耆盆地的深处走，虽然总体的地貌还是戈壁滩，但遇到的绿洲却越来越多。有的时候，车开着开着，戈壁荒滩上忽然就看到了一片小湖和芦苇，那水上的野鸭，简直就像一个奇迹。我知道，在我们车行的左侧，几十公里外正有一个大湖平卧在那里。那就是新疆最大的，也是全国最大的内陆淡水湖——博斯腾湖。依我之见，是想先开到湖边去见它一面，但是赵团长说，我们还是先去库尔勒，往塔里木盆地走，这个湖嘛，回来时再看它也不迟。

薄暮时分，我们进入库尔勒。这座城市背依天山中部，朝南面对着整个塔里木盆地，在南北疆的交通上占据着重要的地位。过去，从北疆进入南疆，必经库尔勒，因为除此之外无他路可走。和乌鲁木齐一样，库尔勒也是处在两山之间。西南是霍拉山，东北是库鲁克塔格。这两条山脉都在库尔勒和它东南面的塔什店之间中止，形成一条十多公里长的峡谷。这条峡谷不仅是人走的路，也是水走的路。从博斯腾湖流向塔里木盆地的孔雀河，就穿过峡谷流经库尔勒。峡谷的形势极为险要，两面高山对峙，相距仅在五十米到一百米之间，河南岸紧贴陡峭的岩壁，宽约三四米，仅容一车通过。过去行人到此，仰望岩壁一线青天，俯视谷底河水湍急，若在此设一个关卡，恰如铁门一般。于是就有了铁门关这个地名。如今，车路和水路都已另辟其径，铁门关空锁的只有一片险峻的风景。但库尔勒，依然是南北疆最重要的交通要冲。库尔勒给我的印象，一是它的繁华，二是它的美丽。它的繁华是因为塔里木油田指挥部设在这里，随着石油产业的发展，短短十数年间就使它堪与省会乌鲁木齐比肩。它的美丽对我而言，是这样一个坐落在大沙漠边缘的城市，竟有一条水量丰沛的孔雀河穿城而过，河畔风景旖旎。夜晚漫步河边，夜幕掩去了城市边上荒凉的山影，只看水波灯影，只闻水声淙淙，竟有置身于南方水城的感觉。

孔雀河流出库尔勒，向西向南再向东，绕了一个大弯，在造就了一大片扇形的绿洲之后，流到了尉犁县。就是在这里，我们和孔雀河，都遇到了另一条堪称伟大的河流——塔里木河。塔里木河全长两千多公里，是我国最长的内陆河。内陆河的归宿不是汇入浩瀚的大海，而是流进无垠的沙漠。或许正是这种终将消失在沙漠中的宿命，使它从上游发源于天山的阿克苏河、从发源于帕米尔高原的喀什噶尔河和叶尔羌河，还有发源于昆仑山的和田河等支流中汇集了巨大的力量，义无反顾地向东流去，正是它穿越沙漠的行程，在戈壁沙滩上造成了一系列的湖泊、绿洲、村庄和农场。新疆建设兵团的许多个团场，不依靠塔里木河就无法存在。塔里木河是一条雄性十足的河，它的中游流到尉犁时，便遇到了它的情人孔雀河，两条河肩并肩地向东流去，在这里形成了属于它们的"两河流域"。

尉犁县原来的名字，叫罗布淖尔。因为有两条大河施惠于它，形成了沙漠地带特有的水泽风景，使它成了巴音郭楞州最富庶的地方之一。特别是塔里木河流经这里时，因为地势平坦，河床浅窄，土质疏松，所以改道频繁，形成了众多的汊流小河和湖泊水泽，却也造成了良好的生态环境。新老胡杨树分布两岸，水鸭雁雀飞翔其间。而那浅水中的鱼，便成了生活在这里的罗布人的天然食粮。正是在这里，两条河的聚首和分离直接导致了那谜一般的罗布泊的生成、迁移、盈亏和消失，同时也造成了楼兰古国的存在和灭亡。

从地图上看，孔雀河的蓝线经过尉犁以后就紧挨着库鲁克塔格的山脚一路向东，一直流到楼兰古城，并在楼兰的东面形成了那个著名的罗布泊。尽管罗布泊在 20 世纪 70 年代已彻底干涸，但至今地图上仍然用表示湖泊的蓝色小圆圈在标志它。而实际上，今天的孔雀河流过尉犁到了阿克苏甫水库，就已是强弩之末，那地图上的蓝线其实已是干河床，表示那里曾经有水流过而已，像是一首挽歌。而塔里木河呢，在尉犁县南面眼看就要和孔雀河流到一起时，忽然掉头转向东南，穿过塔里木盆地比较窄的东部沙漠，向着盆地对面，朝处在阿尔金山边上的若羌县城

60

流去。要穿越塔里木盆地谈何容易，虽然盆地东边的跨度只是盆地中间最宽处的一半，但是从尉犁到若羌就是四百多公里的路程。四百公里是什么概念？在长江三角洲上，从南京到上海是三百公里，从南京到杭州也是三百公里，只要区区三百公里，一路就收尽了东南形胜、人间繁华。但是在穿过塔克拉玛干的四百公里距离中，站在稍微高一点的地方望出去，直到视野的尽头，除了黄沙还是黄沙，那是一片死寂的灰黄。好在这一路有塔里木河为伴，在出了尉犁不远的卡拉附近，通向若羌的公路就和塔里木河紧紧地靠在了一起，河水向哪里流，公路也向哪里走。一路河水不断，河边与路边地带的胡杨树也接连不断，形成了塔克拉玛干沙漠中著名的绿色走廊。在一段公路和河流紧挨着的地方，我们停下车来，坐在蜿蜒的河岸边吃着面包和水果，佐餐的是静静流动的河水与河岸的秀色。食物的味道早已忘了，但那沙漠中河水流动的韵味却被我长久地记忆着。这条依塔里木河而存的绿色走廊一路串起了建设兵团三十一团场、三十二团场、三十三团场、三十四团场和三十五团场的数片绿洲，一直通到若羌县的罗布庄。在这里，精疲力竭的塔里木河把它最后的水流交给了荒漠中的台特马湖，终于心有不甘地停下了跋涉的脚步。我们走这条路的时候是十月，正是胡杨树的叶子变得金黄的时节，一路上车窗外面金黄的胡杨树叶在阳光下闪耀着，这条绿色走廊分明成了一条金色大道。但是从罗布庄继续前行，随着塔里木河的终止，公路变成了孤独之旅，车窗外再也没有活生生的胡杨叶向我们招展，吹过公路的漠风带来的是沙漠深处死寂的氛围。公路不得不在毫无生命迹象的地段独自穿行数十公里，直到有了阿尔金山水系接济的若羌县城，才重新回到了生命的气息之中。

我们穿越沙漠到若羌来，是因为楼兰古城属若羌县境，或许我们能在这里得到如何进入楼兰古城的指点。但是若羌县人武部的翁部长一见面就泼了我们一头凉水："就你们这两辆破车想进楼兰？趁早打消这个念头。楼兰不是那么好进的，不光要有可靠的向导，还要有好的装备。就车辆而论，起码也得有台130卡车做保障，拉上足够的汽油和水，还有绳索，随时准备把陷进沙里的车子拖出来。你们要开这样的车子进去，就算不迷路，车胎也早就叫罗布荒原的硬盐板刺破了，根本就到不了楼兰。去年有两辆好越野车冒里冒失地就开进去了，结果到现在还没出来呢！"我知道翁部长说的不是戏言，我们此行是为了创作作品而感受风情，没有冒生命危险深入其中探秘的必要。既然楼兰古城进不去，我们就去距若羌县城有八十公里路程的米兰古城感受一下吧。虽然楼兰古城是在罗布荒原深处的一片雅丹地貌中，而米兰古城是在荒原边缘的一片平缓的沙漠上，但同是湮没了的古代文明，那种苍凉的大感觉应该是差不多的。

夕阳中，站在米兰遗址的古城堡上极目望去，又一次感受到处在两山之间的感觉。南面紧靠着的是阿尔金山，从山里流出的米兰河就是古代滋养了这座古城的水源。这条小河很短，水流也很小，但是至今处在米兰古城边上的建设兵团三十六团场，还是靠它的乳汁在哺育着。往北望，穿过大漠的烟霭，与阿尔金山遥遥相对的就是那滴水全无的库鲁格塔格。而楼兰古城，就在库鲁格塔格山下，距米兰直线距离二百多公里的荒漠之中。这一片干旱多风且如迷魂阵一般的荒漠，使得楼兰古城对我们来说可望而不可即。当夜，我们就住在米兰镇上。吃晚饭时为我们服务的是一个年仅十六岁的维吾尔族姑娘。问她为什么还是上高中的年龄就出来工作了，她说高中在若羌县城，离三十六团场太远了，没法去上。又问她知道米兰古城吗？她摇摇头说不知道。我们感到奇怪，古城离你们这里很近啊，就在团场边上，你是这里的人，怎么会不知道呢？她摇摇头说，没去过。于是我们感叹，历史很近，现实很远。米兰古城离她只有几公里，但对她没有意义；若羌县城对她是有意义的，却远在八十公里之外，这对一个农工的孩子来说确实是太遥远了。

第二天，在米兰镇上我们碰到了一个自称多次出入罗布荒原的向导，说可以带我们进楼兰，听那轻松的口气，仿佛区区二三百公里，驱车一天就可以到达。但是处事谨慎的赵团长思考再三，还是放弃了进去的打算。人武部的翁部长事后听说了，真为我们捏一把汗："亏好你们没有跟他进去，他上次带着两辆车进去，走了整整九天才找到楼兰。如果不是装备精良给养充分，早就成了干尸了！"既然从这里进不了楼兰，下面的路程我们有两种选择：一种是原路退回，沿着若羌、尉犁、库尔勒一线把一些来时我们只是路过的地方仔细地看一看；另一种是从米兰向东，沿着阿尔金山北麓进入甘肃省境到达敦煌。然后从敦煌经哈密、吐鲁番回到乌鲁木齐。敦煌，对没有去过的人，无疑是一个美丽的诱惑。要创作关于楼兰的舞剧，古丝绸之路的风情无疑是一个很重要的方面，而要找丝绸之路的感觉，敦煌无疑是首选之地。虽然我已去过敦煌，但每一条新路对我都是一种诱惑，况且这可能是一条一辈子只会走一次的路，如果这次不走，你的足迹可能再也不会来到这里。但是还有另一个东西在牵挂着我，它在拉我回头重走来时的路，那就是新疆地图中间的那一块迷人的蓝色，此刻对我们来说是处在塔克拉玛干沙漠的那边，在库鲁克塔格山脉那一边的博斯腾湖。不知为什么，我总觉得这个大湖和已经消失的罗布泊，和那已经湮灭了的古楼兰有着某种神秘的关系。这个关系是什么呢？这次来新疆我怎么能不见它一面就转头离去呢？

向过往的司机打听了一下，从米兰到敦煌约有八百公里路程，而且其中有二百多公里是翻浆路。对于这条路的路况，从若羌开到米兰的八十公里就已经让我们领教够了，极干燥的石子路面颠簸不说，只要有车辆驶过就会掀起一片浮尘，许久不散。两车行进，跟在后面的车就如同走在大雾之中，况且还有二百公里的翻浆路面！道路的艰难使得我的同伴们望而却步。对我来说，虽然失去了一次尝试新路的机会，但至少不会和博斯腾湖失之交臂了。

现在我们又回头行进在那条和塔里木河同时穿越沙漠的公路上。所不同的是来时我们顺流而下，回时逆流而上。一路走过阿拉干和英苏，这一片干旱的荒原，曾经也是游移的罗布泊湖水覆盖过的地方。再向前走，我们到了三十五团场和三十四团场之间的铁干里克，维吾尔语的意思是长刺的地方。在铁干里克西面的沙漠中，我们去看了塔里木河在20世纪50年代后的归宿地——大西海子水库。关于这个水库，地理学家奚国金在他所著的《罗布泊之谜》中专门有一小节，叫"大西海子的呼唤"，在这里略做节录如下：

> 塔里木河的河水现在最终流到什么地方？不要说有的人不知道，有的地图也编绘不准。实际上塔里木河最终流入了人工的终点湖大西海子水库。在铁干里克西稍偏南二十公里的克列克玉一带，是一片地势低洼的沮沼，洪水泛滥时就形成天然蓄水洼地，这就是后来大西海子水库库址的地貌基础。50—70年代，塔里木河下游农垦事业发展，兴修了大西海子水库的一库和二库，水库面积一百零四平方公里。1979年曾泄洪三亿立方，此后大西海子水库以下的塔里木河实际已经断流。铁干里克灌区共有五个农垦团场，到80年代这些团场已成为重要的粮食、棉花、香梨和鹿茸基地。
>
> 原来塔里木河下游每年来水十亿立方，现在只有二点五亿立方，中游利用水灌溉草场还处于原始状态，结果从中游进入下游的水量就十分可怜了。塔里木下游的"绿色走廊"是由塔里木河下游河道、天然林木和草甸植被组成的绿洲地带，以及纵贯南北的交通干线三位一体组成的，南北绵延四百多公里，它成功地阻挡了塔克拉玛干大沙漠的东进和罗布沙漠的向

西扩展。如果水量锐减，不仅铁干里克难以为继，"绿色走廊"也岌岌可危。现在必须紧急呼喊：救救绿色走廊。

书是1999年出版的，几年之后的现在，我们看到他的呼喊已经产生了效果。站在大西海子水库的水坝上，向前看是广阔的湖面，而脚下的泄洪闸正在向原本已经断流了的河道里放水，所以现在的塔里木河还能以优美的姿态继续滋养着绿色走廊上的胡杨树和其他植物，向下游又继续流淌了近二百公里，一直流到台特马湖。而在这条绿色走廊上，我们驱车经过时看到不少沿着公路的地段正在用大片的水泥板铺设新的水渠，那一定是为了减少流水的损耗吧。

在翻阅了一大堆有关楼兰和罗布泊的资料之后，我认为有两个研究者是不能不提的，一位就是这位中国科学院地理研究所的奚国金，另一位是中国社会科学院的学者杨镰。他们两位的观点，引领我走进了神秘的古楼兰和罗布泊。关于楼兰的完整来源与身世，因为古文明已经死无对证，或许永远是个难解之谜；但是对于仅仅属于地理成因的罗布泊的来龙去脉，他们两人的文字却使我对此有了逐渐清晰的认识。

在近代地学史上关于罗布泊问题的纷争，起于俄国探险家普尔热瓦尔斯基。1876年，他率领探险队在塔里木盆地考察了几个月。那时候在欧洲人的中亚地图上还不知道有阿尔金山的存在，普尔热瓦尔斯基不但发现了阿尔金山，而且在阿尔金山北面、罗布沙漠南面发现了两个湖，西部的叫喀拉布朗，东部的叫喀拉库顺。他沿着塔里木河顺流而下，发现塔里木河在尉犁以下不是向东，而是向东南流动，在河流的终点变成了这两个湖，他认为这就是罗布泊。由于他发现的这个罗布泊和《大清一统舆图》上塔里木河的终端湖罗布泊在位置上相差了整整一个纬度，于是他宣布中国的地图是错误的。他的这个地理发现震动了当时的国际地学界。

但是柏林地理学会会长、把东西方的贸易大通道命名为"丝绸之路"的中国通李希霍芬对此提出了不同观点。他认为依据中国文献，真正的罗布泊应该在北面，塔里木河是向东而不是向东南注入湖泊的。他的一个强有力的论据是：沙漠中河流的终点湖应该是咸水湖，古代中国人称罗布泊为盐泽就是证明。而普尔热瓦尔斯基看到的却是淡水湖。

1896年，李希霍芬的学生斯文·赫定进入塔克拉玛干沙漠沿着塔里木河和孔雀河进行考察，他发现有一条水量很大的支流确如李希霍芬所说的那样是向东流的，在铁干里克东南和阿拉干的东北注入了一个湖泊，他认为这就是李希霍芬所认为的、也是中国地图所标注的罗布泊。1900年和1901年，他再次进入罗布荒原进行考察，正是在1901年的这次考察中，他在库鲁克塔格山下的荒漠中发现了楼兰古城，并在楼兰古城的边上发现了真正的、但早已干涸的罗布泊。由此，他建立了著名的罗布泊是一个"游移湖"的理论：在楼兰国还存在的时期，塔里木河向东流注古老的罗布泊；后来塔里木河改道，又向东南流向现在的喀拉库顺方向，形成后来不同位置的新罗布泊。他甚至以宿命的想象把罗布泊比喻成塔里木河钟摆上的挂锤，预言这个钟锤将要重新向北摆回它千年以前存在过的地方，而塔里木河这样南北摆动的周期在一千五百年左右。这真是一个大胆的预言，在当时几乎没有人会相信。

但是仅仅过了二十年，奇迹真的发生了。1921年，在尉犁县西穷买里的地方，一户农民引水浇地，居然引起塔里木河水泛滥改道，夺路闯入孔雀河的河床，沿着库鲁克塔格山下它千年以前的故道一路向东流去，一直流到荒原深处雅丹林立中的楼兰古城之下，并在那里使古老的罗布泊死而复活。这次改道，使得铁干里克方向河水断流，沿河而居的数千户农民流散他乡。1928年，当带领中国西北科学考察团到达吐鲁番的斯文·赫定获知这个消息时，就像哈雷言中了彗星的回归，他该是多么激动。而当1934年，已是七旬老人的斯文·赫定终于目睹了这个巨变，并乘坐小船沿着水路去寻访他三十多年前发现的楼兰，从现实中走进他当年的梦想，那种感觉又该是多么心旷神怡。

楼兰古国从公元前的汉代在中国的史书中出现，到公元六七世纪又从历史记载中消失，对它的消亡和湮灭，虽然可以做多种猜想，但失去水源恐怕是最根本的原因。如果楼兰遗民确是因为干旱而离散的，那么以此推论，古代罗布泊的干涸是在楼兰彻底毁灭之前。到 20 世纪初它因为塔里木河改道而重归故里，时间恰好是一千五百年左右。斯文·赫定所预言的"钟摆"周期怎么会如此之准！

下面是奚国金为我们描述的罗布泊变迁的过程：

汉晋时期，塔里木河下游沿库鲁克塔格南麓的库姆河，也就是今天所称的孔雀河流进罗布泊，给楼兰的存在创造了良好的自然环境。而丝绸之路的畅通和中原政权在楼兰的屯垦，创造了楼兰的古代文明。我们现在所看到的一星半点古楼兰的光彩，其实是罗布泊这只大蚌育出来的珍珠。

以后，库姆河向南改道，楼兰被无声无息地遗弃在荒漠之中。大约 10 世纪的时候，罗布泊随着改道的河流潴留在英苏到阿拉干一带，这就是后来在《大清一统舆图》上绘制的罗布泊。约 18 世纪，罗布泊再次南移到喀拉库顺湖。

1921 年，因塔里木河改道，罗布泊回到东北面故地，成为现代的罗布泊。1952 年，塔里木河中游筑起英买里大坝，塔里木河又流回东南故道，流到台特马湖终止。而 20 世纪 70 年代，失去水流补充的现代罗布泊再次干涸。

《三国演义》开首就说天下大事合久必分分久必合，原来不仅人事如此，水势竟也是如此。所以才会有沧海桑田这样的成语。

奚国金的研究，令人信服地表明了由塔里木河的改道所造成的罗布泊的迁移过程。但是，他只论证了一条河对罗布泊的影响，还有另一条河——孔雀河对罗布泊的影响力被忽略了。对于孔雀河与罗布泊的关系，杨镰又做了一个全新的推想：他同意罗布泊是个游移湖的观点，但认为它的游移不只是取决于塔里木河的变迁，甚至主要不是取决于塔里木河的变迁，而恰恰在于一直被忽略了的孔雀河的消长和变迁，在于那个离罗布荒原千里之外，而且被库鲁克塔格隔在焉耆盆地中央的博斯腾湖的消瘦与丰盈。

今天所看到的孔雀河水是出自博斯腾湖。而博斯腾湖的水是来自如今巴音郭楞州境内最大的河流——开都河。开都河在天山腹地的巴音布鲁克汇聚众水，浩浩荡荡地流出天山峡谷，经大、小山口，进入焉耆平原。我们返回库尔勒后，在我的要求下，驱车经焉耆县、博湖县，到了博斯腾湖的西岸。这里是开都河流入博斯腾湖的地方，只见河口平阔，湖面宽广；湖岸生满芦苇，港汊口渔船往返；头顶海鸥成群，飞旋鸣叫；身旁湖边的人家叫卖着鲜鱼活虾。如果把内地游客蓦然投到这里，他们哪里会想到这是在新疆，定会认为这是在阳澄湖边的沙家浜，只是这湖要比阳澄湖大得多。这里唯一让人能感受到的新疆气息，是渔家卖给游客吃的鱼都像羊肉串一样架在长方形的炭火炉上烤着。这个新疆的第一大湖长宽各有数十公里，水面面积已达到一千多平方公里。从湖盆里漫溢出来流淌出去的水，就是孔雀河。如此说来，抛开名字不论，孔雀河与开都河其实是一条大河的不同段落，是博斯腾湖把它们从中一分为二。

杨镰认为，罗布泊是西域最古老的湖泊水域之一，在数万年前，孔雀河就已流入罗布荒原，形成了楼兰古城附近的水上三角洲。而博斯腾湖的历史远没有那么久。1957 年，曾有考察队从博斯腾湖心取出淤泥钻探岩心，经研究证实博斯腾湖的年龄只有四千年。同是 1957 年，新疆水利厅曾对流经铁门关的孔雀河河床做了钻探采样，发现此段河底有深达八米的石质沉积物，而从博斯腾湖中，是不可能带出石质沉积物的，那只能是开都河直接从天山峡谷中冲积至此。这就说明在很长的时间里开都河和孔雀河确实曾是一条河，这条河的终点湖只有一个，就是罗布泊。罗布泊古称"盐泽"或"泑泽"，《水经注》中说："敦薨之水，西流注于泑泽。"《水经注》还把博斯腾湖称为"敦薨之薮"。薮的字义是多草之湖，当时长满草的湖，肯定是一个浅湖，不会容纳太多的水。所以那条大河只是从这个浅草湖边流过，把大部分的水都给了罗布泊。

把奚国金和杨镰的观点放在一起，我得出了这样的结论：塔里木河和孔雀河分别是罗布泊的父亲和母亲。当塔里木河汇同孔雀河一同东流时，它们便养育了罗布泊和楼兰文明。同样可以设想：就在5—6世纪的时候，因为某种原因，开都河不再流向库鲁克塔格山南，而是流进了山北的焉耆盆地，在浅草湖的基础上形成了一个新的大湖博斯腾。因此从铁门关峡口流出来的孔雀河濒于断流，而在尉犁绿洲上和孔雀河相逢后便一直与她并肩前行的塔里木河也愤然改道折向东南。当孔雀河断了乳汁，而塔里木河又流向东南去生养新的孩子时，罗布泊便被双亲同时遗弃。而地处罗布泊边上的楼兰古国也就在劫难逃了。

出于对博斯腾湖的流连，在返回乌鲁木齐的前一天，我们夜宿在博斯腾湖北岸的金沙滩。这里在夏季是一个旅游热点，湖面碧波无际，湖岸沙滩连绵，让人完全感觉是置身于海滨浴场。但到了秋凉十月，游人都已如候鸟飞走，偌大的一个休闲度假区，下榻的只有我们两辆车，八个人。晚餐自然吃的是湖里的鱼，大草鱼、小银鱼，还有不慎引狼入室的食鱼之鱼五道黑，就是这种大小和样子都和鲫鱼差不多的凶狠之徒，在短短十数年间便将新疆著名的本地鱼种大头鱼吃得几乎灭绝。

这天夜里，我站在博斯腾湖边仰望星空。对于城市人，特别是内地的城市人来说，如此完整美丽的星空已是难得一见了。因为没有工业的污染和都市的灯火，在墨蓝的天穹上，每一颗星星都亮得那么清晰。那宽阔的银河在穹庐上铺展，分岔，宛如平缓而有力地流过沙漠的塔里木河。我们儿时乘凉夜夜仰望的闪烁星空，现在竟成了奢侈的美景。自然改变自己的环境往往是千万年一变，而人只要数十年光景，就可以把自然环境变得面目全非，如此想来，不胜慨叹。看看银河的密度，想想宇宙的无限，猜度银河中星星的数目恐怕未必会少于塔克拉玛干大沙漠中的沙粒。但是到目前为止，我们所知有水有人的星球仅只地球一粒。如果把它放在宇宙的沙漠中，那是多么渺小的一粒啊！而从我这次行走于库鲁克塔格的两侧所得到的关于河流变迁的感受而言，我想说，其实人类，不过是河流的寄生虫而已。

第二天我起了个大早，站在湖边观看日出。当太阳从湖东边冉冉升起，湖边苇丛中的白鹭和野鸭悠然飞舞时，我看到了数十公里之外在南面湖岸边的库鲁克塔格。冷静，沉默，像一具恐龙的骸骨一样横卧在那里。那枯燥的灰褐色丝毫也不被朝晖所感染。日出日落，由空中水汽所凝聚而成的云霞虹霓与它何干？它是一条没有水的干山，一座没有生命的死山。它以一种决绝的姿态分开了古代的罗布泊和现在的博斯腾湖。山南，是曾经的巨泽和已经湮没的文明；山北，是现在的大湖和水上飘来的渔歌。

烟水秦淮

南京这个地方有山有水，金陵山雄，秦淮水媚。

不说山，单说水，就有江水、湖水，也有河水。

长江自不必说。长江万里流淌，自鄱阳湖以下水量大增，江面宽阔。如果以九江附近的湖口为下游的起点的话，南京正好处于下游的中心。长江从西南面的铜井镇进入南京地界，到东北面的龙潭镇出境，这一段江流近百公里。江面最宽处有三公里，最窄处也有一公里。南京有句老话叫：江无底，海无边。说明了江水的深。长江这一段的水深多在十五米到三十米之间，最深处可达五十米。对于古人来讲，确实可以说是深不可及底了。这一段深而且宽阔的江上，自古以来使多少诗人望之兴叹。

但是南京的水最能展露风情的，还是一面镜子和一条丝带。镜子是玄武湖，丝带是秦淮河。

玄武湖是钟山与长江之间的一座大湖，原来直通长江，后来几经变迁，湖面逐渐缩小。古名桑泊，不知是否有桑林环绕？东吴定都建业后，因为在此湖与钟山之间另有一湖称前湖，于是玄武湖便被称为后湖。在孙权的时代，湖水曾被用作城内东渠青溪的水源。东吴后主孙皓时，开凿北渠引湖水入宫作池沼。到东晋初年，又因为此湖位于都城之北而改称北湖。同时沿着湖的南岸修筑了一条长堤，东起覆舟山北麓，西抵幕府山下，长达十里，这就是晚唐诗人韦庄诗中的那条十里烟堤。应着中国古代东青龙西白虎南朱雀北玄武之说，都城北面之湖，自然就叫作玄武湖了。或许还因为刘宋时期湖中曾被用来大规模地训练水军，一度也称为习武湖。

梁武帝末年，叛将侯景决开湖堤，放水浇灌台城，玄武湖一带成为战场。陈宣帝也曾在玄武湖阅兵，据说有士兵数万人列阵于湖滨，湖中并有战船五百艘，还特地在湖北岸的红山上建了一座十分壮观的建筑，以作为检阅台和宴会厅之用。

南朝时，玄武湖是皇家的园林和游宴的场所。宋文帝曾在湖中建了三座神山，分别叫作方丈、蓬莱和瀛洲，以象征传说中的海上三仙山。这三座"仙山"或许就是如今湖中梁、环、樱三洲的前身。刘宋皇帝开辟"上林苑"于湖北岸；而齐武帝则爱到玄武湖滨打猎，常常带领大批宫女凌晨从宫中出发，于鸡鸣报晓时分到达湖北岸，于是湖畔便有了鸡鸣埭的古迹。李商隐有诗曰："玄武湖中玉漏催，鸡鸣埭口绣襦回。"后来的鸡鸣寺，大概就是因此而得名的吧。

梁代昭明太子萧统以文人的爱好来对待玄武湖，在洲上多处建有亭台楼阁，在湖面广植莲荷，并常常召集文人雅士游乐其间。据说萧统就是在游湖时舟覆落水得病死的，作为文人，也算是死得其所。陈后主也常在这湖中饮酒作乐，但最后隋兵破城后却躲入胭脂井中，作为一国之君，是否也算死得其所呢？

陈朝亡国以后，玄武湖逐渐荒芜，唐宋时期曾两度作为放生池。那时候钟山脚下，有一大片湖泊直抵江畔，该是多么苍凉壮观的一片风景。但是到了北宋熙宁九年（1076 年），当时担任江宁府尹的拗相公王安石打上了玄武湖的主意，认为玄武湖仅仅是"前代以游玩之地，今则空贮波涛，守之无用"，可以排泄湖水，使贫困饥馁之人尽得螺蚌鱼虾之饶，并可辟出湖田两万亩，分给贫民耕种。王安石对人是悯恤的，但是对自然的造化却未免过于无情，结果玄武湖水尽被泄入江中，这个美丽的大湖基本上消失了。

当苏东坡在杭州修苏堤的时候，王安石却在南京围垦玄武湖。此种急功近利的行为，使得从北宋到元末的两百多年间，金陵城北部的用水和排水发生了严重的问题。到了元朝惠宗时期为了解决水患，才重新加以疏浚恢复。但恢复过来的湖面大为缩小了。

两个当官的诗人，对两个城市的两个湖泊有着不同的态度和做法。苏东坡之爱西湖，可以从他咏西湖的诗中看出来。而在王安石的眼中，玄武湖的价值显然不能与他所钟爱的钟山相提并论。如果没有王安石的围湖造田之举，南京的玄武湖在面积和风光上恐怕都不会输给杭州的西子湖。不管苏东坡与王安石的政见如何不同，但从对城市的作为来看，苏东坡给杭州留下了一份美丽的遗产，而王安石却给南京留下了一份遗憾。

到了明朝，朱元璋在筑城墙时利用玄武湖作为城墙东北角的天然护城河，再一次缩小了玄武湖的范围。在太平门外，又修筑了一条太平堤，把玄武湖水限制在太平堤以西，不再直抵紫金山下。几经变迁，玄武湖逐渐成了今日的模样，比起原来的玄武湖，只有三分之一大小了。

莫愁湖的历史则要晚得多了。据专家考证，那一带是南京的低地，分布着一系列的沼泽、池塘和湖泊，其形成的原因与长江和秦淮河的改道密切相关。由于南唐以前长江还在石头城下流过，所以它的形成不可能早于一千年前。李白游金陵的时候，他所看到的白鹭洲还在江水之中，后来江水西去，一些洲滩连接成为陆地，较深的江道成为秦淮河入江的河道，莫愁湖才可能在这一带形成。它的得名，显然是来自梁武帝萧衍所作的《河中之水歌》，那里面所描写的聪明能干而又有些忧郁的莫愁，其实是个洛阳女儿。但是因为有了这个湖，她的籍贯也算成南京了。

玄武湖明丽如大家闺秀，莫愁湖委婉如小家碧玉，然而南京最有韵味的地方，其实是秦淮河。

秦淮河源出于溧水县东北，西北流至南京城东南，从通济门流入，从水西门流出，横贯古城的西南角。旧时金陵的歌楼舞榭，骈列两岸；画舫游艇，纷集其间。夙称金陵胜地，不知迷醉了多少风流才子，招引了多少历代的墨客骚人。上元县志载："水上两岸人家，悬椿拓架，为河房水阁，雕梁画栋，南北掩映，每当盛夏，买艇招凉，回翔于利涉、文德两桥之间，扇清风，酌明月，秦淮之胜也。"秦淮为六朝烟月之区，金粉荟萃之所。两岸河房，争奇斗艳，绮窗绿幕，十里珠帘，灯船之盛，甲于江南。两岸遍植杨柳，为画船箫鼓更添风情。文德、利涉二桥之间，风光乃秦淮最胜之处。

清人黄仲则有句："凄凉苔藓掩金钗，无复竹歌动六街。回首南朝无限恨，杜鹃声里过秦淮。"

有趣的是以道德文章著称于世的曾国藩，在率领清军占领南京后，戎装未卸，也来风流了一回，并题对联"大抵浮生若梦，姑从此地销魂"以赠名妓大姑。他的这个举动，恐怕并不是纵情声色，而是想复兴一下被战火摧残了红颜经济和青楼文化吧。

秦淮河水在淮清桥于青溪水相合。淮清桥东为桃叶渡。因王献之送爱姜桃叶而得名。当时琅琊诸王世居乌衣巷，前临淮水，曾极一时之盛。旧有秦淮小公园，园门有联："都是主人，且领略六朝烟水；暂留过客，莫辜负九曲风光。"在没有高大建筑物遮的时候，坐在秦淮河边的茶楼上，既可望远处江天，又可见钟山矗立，那可真是一番守雌而抱雄的胸怀与情景。

白鹭洲是多么有诗意的地名，"三山半落青天外，二水中分白鹭洲"这一描述，神妙而得体。一说唐时长江尚未西徙，白鹭洲仍在江中，多聚白鹭，因而得名。而《建康志》另有说法："秦淮源出句容溧水两山间，合流至建康之左，分为二支，一支入城，一支绕城外，共夹一洲，曰白鹭。"李白另一诗曰："波光摇海月，星影入城楼，绿水解人意，为余西北流。因声玉琴里，荡漾寄君愁。"今天的白鹭洲公园，已不是当年的白鹭洲，不过仅有其名而已。

利涉桥附近的小石坝街，一向是风尘姐妹的世界。《桃花扇》中有一段描写其衰亡道："你记得跨青溪半里桥？旧红板没一条；秋水长天人过少，冷清清的落照，剩一树柳弯腰。"利涉桥又名红板桥，秦淮画舫，都舶于桥下，夫子庙前，犹为游客上下之处。夫子庙的泮池，引的就是秦淮河水。石坝街和夫子庙仅一河之隔，一桥之跨。这两地因秦淮河而聚首，颇含深意。各地孔庙都庄严肃穆，唯独南京的夫子庙却愿与风尘女子为伍。文人雅士们在酒楼歌肆之侧读圣贤文章，又在孔夫子庙堂之侧与青楼女子调笑，真堪一绝。

秦淮河上游分别在句容和溧水两县境内，东源出自句容城北的宝华山，经过句容县城，汇集赤山湖水，流经湖熟镇到方山附近的西北村与南源之水相汇合。南源来自溧水东南的东庐山，经溧水县城和秣陵关附近，也流到方山西北村。两源汇合以后，水量增大，直抵南京城下。河水在通济门外分为两支：一支为内秦淮，从东水关入城，经夫子庙、镇淮桥出西水关，长约十里；另一支为外秦淮，也就是明朝南京的护城河。绕过南京城外的东、南、西三面，到水西门附近与内秦淮相合。千年以前，秦淮河就在莫愁湖一带入江。南唐后，才沿着古石头城向西流，入江口改到了下关三汊河。

秦淮河相传是秦始皇时期开凿的人工运河，据说当时开凿的地点就在方山附近的石坝山。但是专家认为此说不确，因为秦淮河自远古以来就是长江下游的一条支流，它的疏浚和拓宽主要是从东吴孙权时期开始的。从六千年前的新石器时代开始，沿河地区人烟稠密，与南京城市的发展有着密切关系。秦淮河下游两岸，在六朝时主要是居民区和商业区，也是建康城南面的门户，河上曾设二十座浮桥。南唐亡国以后，建康都城和宫殿被毁，但秦淮河边的民间生活依然很繁华。到了明朝，内秦淮两岸河房密集，雕梁画栋，绮窗珠帘，酒楼妓院林立，入夜河中灯船来往，笙歌不绝，繁华更盛。形成了《桃花扇》和《儒林外史》中描写到的秦淮风景。这种畸形的繁华一直延续到民国年间，使得秦淮河一带成为旧南京著名的藏污纳垢之地。中华人民共和国成立后才得到彻底的改造。

但是，一种污垢被清除了，另一种污垢却开始了，这就是环境的污染，尤其是河水的污染。

秦淮河在南京城内还有几条支流，主要有青溪、杨吴城壕、运渎、明御河和小运河，这些河道都经过人工开凿，并且互相沟通，形成古代南京城内的水道网。青溪发源于钟山，汇合山南溪水形成前湖，再向南流入秦淮河，并可接通玄武湖水。在没有被城墙隔断之前，想来那是一条真正的青青之溪。青溪在六朝时是城东最大的河流，也是贵族的园林别墅集中之地。六朝以后，数经战乱的毁坏和新朝的城建，青溪的水源被隔断，它的生命也就萎缩了，逐渐淤塞不通，到现在只留下一些断断续续的池沼和一些与过去的它有关的地名，如青溪里巷、淮清桥。

沿着秦淮河向北上溯，可以一直走到石臼湖。石臼湖与秦淮河有密切的关系。在明代以前，溧水县城西南的胭脂岗是秦淮河水系与石臼湖水系的分水岭。明代建都南京后，为了沟通漕运，明太祖于洪武二十六年决定在胭脂岗凿石开河，艰巨的工程使得万余人丧失了生命，硬是在这座石山上凿出了一条长约十里、上宽二十余米，下宽十余米，深三十余米的人工运河，从而沟通了秦淮河与石臼湖两个水系，名为胭脂河。胭脂是红的，血也是红的，胭脂与鲜血本为一色。在开凿胭脂河时，当

76

时的工匠们在胭脂岗地势最高的南北两处预先留下石质较好的两处地方作为溧水县城跨河向西的通道，在通道下凿开石洞以通舟船，石洞上面则成了桥梁。于是因人工凿洞而形成的石桥便有了一个好名字：天生桥。可惜两座天生桥在明代晚期崩塌了一座，现在仅剩下北桥了。

秦淮河在南京城南，而南京城北的一条大河是金川河，它上游直抵鼓楼岗、五台山和清凉山北麓，并接通玄武湖和长江，分东西两支在金川门附近出城，再汇合护城河水，经水关桥、宝塔桥入江。这是明代江淮间各种物资渡江转运至城内的主要水道，也是城北居民汲水排水的重要水源。

我从小在南京生长，在我们家居住的地方，翻过那道从狮子山延伸下来的城墙，就是与金川河沟通着的护城河，在我七八岁、十来岁的时候，家门前的这条河里有鹅，有鸭，更有许多不同种类的鱼。童年的许多记忆，是与这条河连在一起的；童年的许多时光，也是在这条河边消磨掉的。我们常常站在河边看不同的人用不同的方法捉鱼：有的人用鱼竿钓青鱼和草鱼，有的人赤膊下河摸鲫鱼，有的人用浮在水面的细网静候着成群在水面疾游的参条鱼往上撞，还有人专在河边捉甲鱼和黄鳝。我那时候小，没有渔具也不会钓鱼，但在河里游泳时用脚在河底踩河蚌却是我们这些孩子的拿手好戏。那条护城河宽的地方约有百米，后来我当兵离家，每回听到那首著名的歌："一条大河波浪宽"时，首先浮上脑际的便是家门前的这条护城河。而当我1976年离开部队回到南京时，河水已经开始污染，不但已不适合人类游泳，也不适合鱼类生存了。一条在记忆中承载诗意的河，变成了现实中城市的排污沟，并且河水污浊的程度越来越严重。我想，以后生长在南京这个与水有缘的城市里的孩子，在他们的童年记忆中，是不会再波动着那一片清澈且富有生趣的河水了。这些年，虽然人们已开始重视环境保护，但要让南京城里的这些已经死和濒死的河流复归当年的生机，恐怕是一件相当艰难的事了。

人、村落和城市，总是喜欢依水而居。因为依水而居不但有了生活的便利也有了风景和诗意。但河流，首先是属于鱼虾鳖蚌这些水中居民的。

所谓烟水秦淮，其实是一种古典意境。设想杜牧重生，就算头顶有月亮照着，身边有商女唱歌，但想到花船边的河流其实已是一条无鱼的死水，他还能以诗人的心情吟出"烟笼寒水月笼沙"吗？

八甲田山的雪

　　飞机在青森降落，从停机坪上看出去，不太远的地方能看见一座山，那形状有点像尖锥形的富士山，但是没有那么尖，就像把一个汉字"八"，用劲向下压趴下去一半，那一撇一捺之间的缺口，应该是曾经的火山口吧。日本是个多火山的国度，看见山形做这样的猜测，应该不会错。这山还有一个动人之处，山顶积雪，山下的缓坡郁郁葱葱，在山下的绿色森林和山顶的白雪青岩之间，却是一带有点说不清的颜色，似绿非绿，似红非红，仿佛还透着一些金黄，总之有点像混合的彩虹色，那几种颜色，或许是由阔叶林、针叶林、灌木丛和高山草地混交形成？

　　我忽然想到，这座有点特别的山，就是八甲田山吧？

　　八甲田山，作为电影名似乎比山名更加有名，1977 年的日本影片，描写日本军队的一次军事行动，堪称一部日本的"林海雪原"。不过和中国的革命浪漫主义作品《林海雪原》不一样，这部作品表现的不是日军作战的胜利，而是非常写实地再现了日本陆军的一次严重的训练事故，片长近三小时，当时观影人数超过千万，在日本算得上是史诗性的巨制了。

　　影片的故事情节其实非常简单：1902 年冬天，日本军方为了应对可能爆发的日俄战争，加紧对西伯利亚、中国东北等高寒地区作战的训练，设想如果本州最北端的青森侧翼被俄军切断，日本东大门的运输和军队调动只能靠翻越八甲田山。而八甲田山冬季为雪所封，能否在冬季翻越八甲田山，日军当时并无经验。为了摸索和积累冬季雪地行军的经验，日本陆军部决定进行一次军事演习，地点就在冰雪封冻的八甲田山。演习队伍分为两支：一支由驻扎在青森县的步兵第五联队派出，由驻地出发，计划由三本宫、田芋白、马李垭山一线穿过八甲田山；另一支由驻扎在弘前县的步兵第三十一联队派出，从另一路到达马李垭山，再由田芋白、青森，环八甲田山一周，返回弘前。如果计划无误，这两支冬训部队将在翻山过程中会合，然后返回各自的驻地。弘前部队的德岛大尉由高仓健扮演，他具有丰富的雪原行军经验；青森部队的神田大尉由北大路欣也扮演，他与德岛是童年好友，神田妻子的扮演者是中国观众熟悉的另一个日本演员栗原小卷。演习之前为了慎重起见，神田大尉特意赶到弘前向德岛大尉虚心请教，而德岛也将自己的经验倾囊相告。两位童年朋友和当今战友仔细研究了行军路线，并相约在目的地胜利会师。

但是青森演习部队的路线却被神田大尉的上司材山少佐否定了，饰演这位狂妄军人的是日本另一个著名演员三国连太郎。材山少佐为了击败友军赢得荣誉，不仅擅自扩编行军人数，还粗暴地打乱既定计划，他的刚愎自用把这支演习部队带入了死亡的境地。由于第五联队没有选用当地向导，又遭遇暴风雪，结果夜间走错方向，致使二百一十人的演习部队，除十一人生还，一百九十九人冻死在冰山雪野之中。影片真实细致地表现了导致死亡的一个重要原因：高强度的雪地行军造成尿失禁，而在高寒气温下，尿液在裤裆中立时冻结，很快便致人死亡。

而德岛率领的演习部队，行前认真调查了当地气象、地形，并雇用当地猎户为向导，按既定路线完成演习，环八甲田山一周返回弘前驻地，虽然比计划多用了两天，但全队无一伤亡。

影片中最令人震撼的情景是：德岛大尉在雪地里见到了他的童年朋友和当今战友神田，但这不是演习前他们二人设想中的两军会师，而是生与死的碰撞和阴阳两界的相隔。另一个令人印象深刻的情景是：演习失败的材山少佐说："我对冬天的八甲田山，了解得实在太少了！"他虽然被部下从雪山中救出侥幸逃生，但逃不出失败的阴影和内疚，不得不举枪对准自己的心脏，自尽谢罪。

除了高仓健、三国连太郎、栗原小卷等明星，影片还有一个绝不能忽略的大主角，那就是八甲田山的壮丽景色，而且这景色时时由严冬雪景和春夏秋三季的风景交替割脱：冬天大雪封山，厚雪将森林覆盖到几乎没顶；而春天繁花似锦，夏天浓荫欲滴，秋季红叶满山，还有从八甲田山高处俯拍的十和田湖，那不再是平面地图上显示的一个圆圈，而是由一圈群山托起的一块碧玉。它承接了由八甲田山的融雪形成的湖水，再从这个火山口湖泊的缺口奥入濑溪流奔泻而出。

我们在青森的旅游，有一天时间专门安排的就是沿奥入濑溪流的徒步行走。从青森城里去奥入濑溪流，行车路线恰好要穿过八甲田山，这给了我从电影之外了解这座山的机会。八甲田山说来并不算高，最高峰也不过海拔一千零五十米，但可算是本州岛北端的屋脊了，在青森各处游览，只要没有什么遮挡，你都可以看见它的身影就在几十公里外站着。远远地看，它一点也没有峻拔危险的样子，很难想象就是这座山，在冬天一口就吞吃掉了一百九十九个全副武装的士兵。如今，在八甲田山上有雪中行军遇难者纪念塑像，在市内也有八甲田山雪中行军遇难资料馆。这就足以看出他们的认真。

出青森城行车不久，道路就钻进了八甲田山的山区。季节已是五月仲春，除了山顶积雪可见，渐渐地公路两侧也见到了积雪，车行渐高，积雪渐深，有些路段的路边积雪竟有数米之厚，雪中的灌木枝条通通被压成横向侧倒，只有一些尖梢从雪堆中冒出头来。这条穿山公路在每年冬季是完全封闭无法通行的，每年 4 月 1 日后恢复通车，公路从深雪中被铲开，路两边是数米高的雪墙，最高可达九米，那一段时间如果开车经过，那绝对是在雪壁回廊中行走。

不过八甲田山的冬季并非只有冰雪的严峻，在冰天雪地之中还藏着数个暖热的温泉，其中的酸之汤温泉，几可排名日本最佳温泉之首。它的"千人风吕"温泉大池由纯枪木造成，至今仍保持着男女同浴的习俗。与我们同行的日本朋友松本，宁愿放弃奥入濑溪流的漫步，执意中途在酸之汤温泉站下车，要去享受一下这"日本第一泡"。只不知在冬季大雪封山之时，山外的游客是如何进得温泉，而住在山里的人又是怎样生活的？但这毕竟不是冻死行军者的那个年代了，旅游业的发展总会为游客想出办法，现在的八甲田山在冬季也是旅游胜地，除滑雪外，穿上雪鞋在林中健走，也是一个颇受欢迎的项目。

公交车穿过八甲田山，经过数个温泉度假村，便到了奥入濑溪流的边上，我们在徒步者通常开始行走的石户下车，沿着溪流、逆着溪水走向十和田湖。这条溪流从山谷森林间流过，谷幽林密，水净气清。沿途瀑布不断，有云井瀑、铫子大瀑、九段瀑、不老瀑、白丝瀑、白绢瀑、白布瀑……用三个小时走了十公里的溪边小路，最后便到达了十和田湖边。坐在湖边饭馆吃一碗乌冬面，看眼前的十和田湖倒映着天光云色和环湖山影，想到十和田湖的形状也就像一只大碗，而这碗中所盛之水，都是由八甲田山上的积雪融流而来。

长萨两藩看日本

第一次去日本，没有去东京、大阪、名古屋，却跟着一个比较熟悉日本的朋友去了两个偏远的地方：一个是下关，一个是鹿儿岛。这两个地方是日本明治维新前的两个藩国，下关属长州藩，鹿儿岛是萨摩藩。这两个藩国是直接推动日本明治维新的地方势力，所以朋友把此行定为"日本长萨旧藩之旅"。

我喜欢在地图上看要去的地方：下关地处本州岛的最西端，再往南就是一道窄窄的关门海峡，对面就是九州岛。九州岛像一片树叶，关门海峡处是它的叶柄；树叶的左边像被虫子吃去了一块，造成陷入岛内的大片海湾，其中被吃残的叶片上，没有断落的那一边上坐落着长崎；另一片与主叶面分离的碎片则是天草。树叶的最南端也被虫子咬进了一块深深的凹陷，南北长约八十公里，东西宽约二十公里，这就是锦江湾。这个海洋侵入陆地的大缺口实际是由火山喷发形成的，约在三万年前，此地深处发生巨大的火山爆发，喷出大量岩浆，地底被掏空形成洼地，于是海水进入成为海湾。鹿儿岛就坐落在海湾内的西侧，城市的海滨地带面对着现今仍时常小规模喷发的活火山樱岛。地质上的火山喷发，会对原有地貌产生很大的改变；那么在人类的历史上，如果有一个重大的政治事件急剧地改变了一个国家的原有面貌，可否也视为一种"火山喷发"呢？

对日本而言，明治维新可以视为此种喷发。

日本的下关市，对只关注热门旅游城市的中国游客可以忽略，但在中国的历史记录上却不能忽略，因为那就是中日《马关条约》的签署地。在下关，为了寻找李鸿章当年暂住的引接寺和条约签署地春帆楼，我们租借了所住酒店的两辆自行车。骑着车逛街，春帆楼并不难找，因为这个地点不光对中国人很重要，对日本人也很重要；对中国人来说是切齿难忘的屈辱，对日本人来说则是国家兴盛强大的标志。所以下关市政府在原谈判地点春帆楼的边上，建立了一个"日清讲和纪念馆"，1935 年动工，1937 年开馆，2011 年成为国家登记的"有形文化财（文物）"。馆内的介绍文字这样写着：

> 日清战争爆发于 1894 年。以结束日清战争为目的，日清讲和会议从 1895 年 3 月 20 日起至 4 月 17 日以下关为舞台举行。会议地点选择了既是高级饭馆（料亭）又是酒店的春帆楼。清国全权李鸿章和日本国全权伊藤博文和陆奥宗光等两国代表出席了会议。馆内重现了该会议场，展示了在会议上使用的大小十六把椅子、古色古香的大灯、法国制火炉、墨水瓶、泥金画砚台盒等。其中引人注目的贵重资料是施有泥金画的豪华椅子。这些椅子是为了在会议上使用而从滨离宫奉天皇之命搬运到会场的。从这些器具不难想象当年会议唇枪舌剑的景象……同年 3 月 19 日清国使节团乘坐汽船来到下关，第二天在春帆楼举行了日清讲和会议。由于李鸿章被刺等原因，会议一共开了二十九天。双方签订的日清讲和会议条约又称下关条

约，条约确认了朝鲜国的独立，并约定了清国向日本割让的领土，转让的权益和支付赔款等。会议期间的3月24日，在返回宿舍引接寺的路上，李鸿章被凶徒所刺，会议因此而中断了一段时间。在李鸿章康复后，会议从4月10日再度举行，在4月17日签了字。再度举行会议后，李鸿章把引接寺到会议地点的往返路径变更为沿着山麓的小径。现在这条路被称作"李鸿章道"，备受市民的喜爱。

我们把自行车停在春帆楼下，徒步走了一遍这条"李鸿章道"，沿山小径只有一米宽，准确地说应该是"李鸿章小道"。小径两边有花有草，清雅宜人，但脚步迈过的却是历史的沉重。

回到春帆楼前，发现那里还立着一块青铜碑铭，碑首是篆体的"讲和"二字。碑文：

马关海峡为内海咽喉，以二条水道通洋内外，船舶徂来者无不过此，古有临海馆，今有春帆楼，共为待远客之所。云楼负山面海，东仰寿永陵，西俯瞰街衢，朝晖夕阴，气象万千，令人不遑应接。闻楼之所在原系阿弥陀寺之墟，丰前人藤野玄洋获方四百步之地而开医院。其殁后，寝妪某营客馆，缙绅多投于此。甲午之役六师连胜，清廷震骇，急遽请弥兵，翌年三月遣李鸿章至马关；伯爵伊藤博文奉命樽俎折冲，以此楼为会见所，予亦从伯参机务。四月讲和条约初成，而楼名喧传于世。大正九年，楼主病殁，其业将废，马关人林平四郎投资购之，嘱予记之。呜呼，今日国威之隆，实滥觞于甲午之役！此地亦俨为一史迹，其保存岂可附忽诸乎？林氏之此义举固宜矣，顾当时彼我折冲诸贤前后皆易，唯老躯独存，是所以予以不文敢草此记也。

——癸亥孟夏，从二品位勋一等伯爵伊东已代治撰并书。

这篇"讲和"碑记全由汉字写成，没有一个日文假名，所以读起来毫无障碍，为方便读者，我只加上标点，并将个别电脑打不出的异体字以常用字替换。作者是当年辅助伊藤博文参与两国谈判的伊东伯爵，从汉语水平来看，应该不逊于同时代的中国臣官，如果不涉及战争，可算一篇名胜小记。但恰恰是都会熟练使用汉字的中日两国进行了一场残酷之战，这一场甲午战争使东国日本扶摇上升，而西邻大清却摇摇欲坠。

甲午战争的胜利是日本勇于变法富国强兵成功的标志；同时也是中国近代史上难以忘怀的奇耻大辱和巨创深痛！甲午战争的失败，使作为天朝上邦的大清国比鸦片战争的失败还要难以接受——败给船坚炮利的英国人也就罢了，毕竟大英帝国已是当时的日不落帝国；但手中拥有实力绝不逊于对手的北洋舰队，却被学着中国汉字和中华文化长大的后生小子日本打得一败涂地，对曾经的天下中央之国、雄踞东方的王霸之邦，震动实在是太大了！

在到下关之前，我们特意去了佐贺县的佐世保，因为那支打败了北洋水师的日本舰队曾在那里停泊和出发。佐世保军港既有驻日美国海军的基地，也是日本海上自卫队地方总部的所在地。军港边有一个日本海上自卫队的资料馆，其实就是日本海军博物馆。我和朋友进馆参观，大清国北洋舰队旗舰上的船钟，当年被作为战利品带回了日本，如今就陈列在那个馆里。

甲午海战和日军乘胜登陆作战之后，在日本下关的春帆楼，全权代表两国和谈的伊藤博文和李鸿章，一个以其立宪之功将日本国带入了现代化的轨道并赢得战争；另一个想挽狂澜于既倒，最终还是倒入了泥沼。而造成日清两国一升一降一兴一亡的那个关键事件，就是日本的明治维新。

当年的谈判旧址春帆楼，如今是一个专吃河豚的高级餐馆。河豚虽美，但作为中国人于此用餐，那滋味总不会太好。我们沿海边骑行到了唐户鱼市场，那里的海鱼新鲜漂亮得让人心动，于是在市场楼上的鲜鱼寿司店大快朵颐一番，其食品价格按收入比例来说，比国内便宜多了。饭后继续骑行，不巧我的车子后胎撒了气，异国街头，找不到修理自行车的车摊。有路人热心地领我们到某公司或某机构的门房求助，看门人热心相助，找出气筒给我们打气，但打进即泄，车是骑不成了，只好推着车子回酒店。我告诉前台说：抱歉，车胎骑漏了。对方连连躬腰还了我数个抱歉，说是本店没有把车况保养好，给你添麻烦了！我掏出钱来要付租金，他不但拒收，连带着把我们另一辆车的租金也免了。由此你不禁感慨：在面前为你热情谦恭服务周到的日本人，和当年穷凶极恶杀人放火的日本人，已经是不同时代不同的人了，虽然他们的名字都叫日本人。

想起几年前国内的反日大游行，有愤青砸日本牌子的汽车，其实那车是中国人的财产，他们在狂暴中打破的头也是中国人自己的。他们高举的标语是："宁愿华夏都是坟，也要杀光日本人！"他们要杀光的，就是现在的日本人吗？还想到现在微信上常收到充满"爱国激情"抵制日货和日本电影的帖子要求你转发，说你要不转就是不爱国的垃圾，要是转发超过百万的话，日本人就是垃圾。对于那些别有用心的造帖者，我无话可说。而对于那些不动脑筋随手就转的朋友，我真希望他们将被放入脑中的反日义愤搁置一下，先了解一下中国真实的历史和现状；同时也要真实地了解一下日本的历史和现状，而日本的明治维新，应该是其中的一个重要内容。

日本明治维新的道路，从某种意义上说是被长州藩的一个不安分的年轻浪人趟开的。这个不安分的年轻人叫吉田松荫，1830年生于长州藩萩城松本村。

萩，在下关市北面属于山口县地盘的海边上，在现今的日本是个不起眼的小市，但对于当年的明治维新，却是一个起了决定性作用的重镇。我们从下关车站出发，选了一条沿海的铁路坐火车前往萩市。对于外国来的游客而言，那是一个十分偏僻的去处，从下关站始发的电力火车只有两节车厢，坐着稀稀拉拉不多的乘客。车速不快，又沿海岸而行，一路有风景可观。列车先向北行，开到一个叫小串的小站停下了，乘客全体下车，在月台对面换乘只有一节车厢的火车继续前行，我们笑话道：过了小串，连车都不成串了！因为这车已经既不是列车也不是火车，仅仅是靠电力行驶于铁路线上的单节车厢而已。单节小火车沿着海岸线折向东行，路过长门市的地界，竟在与铁路并行的公路上看到一个路牌，指示通向"杨玉环之墓"。在《长恨歌》中被描写死于马嵬坡的杨贵妃，在日本竟有墓地，岂不怪哉？其实怪也不怪，中日两国自唐开始就往来频繁，民间有一传说：那在马嵬坡被唐明皇赐死的其实只是一个替身，贵妃娘娘的真身乔装改扮最后逃到日本安度晚年。那个著名美女的两个下落，哪个为真，我们难以深究，让历史学家去探寻好了。小火车过了长门不远，便到萩市了。

与下关相比，萩是一个袖珍小市，主城区其实是河流入海处冲积出来的一片洲土，河流在此分为两岔，将小城环抱其中。我们到达东萩车站边上的住宿地时是午后一点多，在车站广场周边居然找不到一家还开门营业的饭馆，可见这小城的清净程度，只好找一家茶社请老板娘临时做了两份便当充饥。饭后沿东萩车站后面的一条路步行不远，就到了吉田松荫的出生地松本村，这里也是他办的私家学校"松下村塾"的所在地。走到村前，只见人群进进出出，其热闹远胜市内，当然参观者大多是本国的游客。这里早已辟为日本的一个历史纪念地，大门前拉着横幅，庆祝此地被联合国教科文组织定为"世界文化遗产"。这遗产就是村民中那个叫吉田松荫的人留下的。

松荫自幼饱读汉学的四书五经。1850 年，眼见作为他学问来源的邻邦大国于鸦片战争中惨败于西方的英国，这个二十岁的年轻学子痛感自己所学已不足以应对时代的巨变，为求新学问，甘冒脱藩之罪出藩游历，并因此真的被藩府定罪，开除世籍，剥夺世禄，成为一介浪人。

1853 年，美国海军少将佩里率舰队到达日本贺浦，以大炮示威要求通商，是为"黑船事件"。吉田松荫闻讯连夜赶到贺浦，探听"黑船"动静，深觉日本已危，非发奋不能改变。事后他与同道密谋偷渡出洋留学，想投奔停在长崎的俄国军舰，但赶到长崎时俄舰已开走了。第二年佩里又率七艘军舰开进贺浦，要求日本幕府就开放通商事宜进行谈判。在此期间，迫切出洋的吉田松荫和一个伙伴竟趁黑夜驾小船出海，攀上"黑船"，要求跟随美国军舰出洋学习——想到此情此景，心中不免感慨：中国人在国门被西洋军舰撞开之后，也有大臣出洋考察，也派学子赴西留学，但那心态完全是被迫的。而吉田松荫的趁夜爬船行为，那种求学求变之心简直是急不可待了！——但那时美国人正与幕府政府谈判，不可能就此带他们走，便劝他们耐心等候，待日后国门开放后再正规出洋，最后将两个年轻人送回岸上。吉田松荫知道已犯天条，与其束手被捕，不如主动投案。他先判死刑，后改幽闭，被押回长州藩投入监牢。在狱中的松荫却正式当起了老师，为狱友们讲解《孟子》，后来连狱卒也成了他的学生。

出狱后的松荫囿于幕府禁令不得外出，便进入叔父的"松下村塾"讲学，后来就成了这家私人学校的校长和导师。这位了不起的导师教出了一批后来参与了明治维新的栋梁人物：高杉晋作、木户孝允、伊藤博文、山县有朋等。虽然他于三十岁那年再次获罪，抄着文天祥的《正气歌》走向刑场，但他推动日本变革的影响已无可阻挡。所以在他当年教学的"松下村塾"前立有一块巨石，上面刻着八个大字："明治维新胎动之地"，那是有足够底气的。

在松下村塾和松荫的出生地与墓地之间，有伊藤博文的旧居和从别处原样搬来的伊藤博文别宅。这说明在松荫的学生们中间，伊藤博文是极重要的一个。他出身于长州藩，在吉田松荫的私学受教，明治三杰之一木户孝允是他的良师益友。1863 年伊藤博文去英国演习海军，1871年至 1873 年花两年时间访问欧洲。明治三杰中的另一个大久保利通被刺后，他在 1885 年新成立的欧洲式内阁政府中任第一届首相；1888 年任首任枢密院议长；继任内相。他促使日本政府通过宪法，于 1889 年由天皇颁布，第二年成立国会。1890 年他任贵族院议长。他最大的贡献是起草明治宪法和组织两院制议会。19 世纪 90 年代他是日本政府中最有权势的人物。1894 年日本与英国谈判取消了英国在日本的治外法权，1895 年甲午战争的胜利国日本迫使中国签署《马关条约》，放弃朝鲜割让台湾，两件大事标志日本在东方民族中首获现代化成功。卸任首相后伊藤博文出任朝鲜总督，他对朝鲜采取温和、同情的态度，并陪着少年朝鲜国王遍行朝鲜各地。虽然如此，这个外来的总督但仍不能被朝鲜人接受，于 1909 年被朝鲜刺客安重根枪杀于中国的哈尔滨车站。相对于明治三杰中的大久保利通和西乡隆盛，伊藤博文是一个善于妥协的政治家。他对日本的功绩是建立了有生命力的立宪制度，使日本能够有序地进行政治的和平演变，民众得到日益扩大的参政机会。

第二天一早我们就进入小城萩市寻幽探古，有一条名叫蓝场川的小溪在萩市街巷间蜿蜒流淌，许多人家的门前就是这条小溪，要跨过石桥才能上街。木户孝允的旧居在蓝场川的北端。木户孝允又名桂小五郎，是吉田松荫最重要的学生。1862 年起任藩政要职，后代表长州藩与萨摩藩的西乡隆盛和大久保利通谈成联盟，共同领导倒幕运动，作为长州藩的代表名列明治三杰。他在新政府中极有权势，曾主持迁都江户、奉还版籍、废藩置县等大事。1871年他随代表团访欧，回国后及时阻止了侵略朝鲜的计划。1874年因反对远征台湾而退出政府。日军从台湾退出后，他又回到政府，从事制定西洋式宪法的工作。

蓝场川的水极为清澈，仅有尺许之深，却安然游着一群群硕大的锦鲤，聚如开会，散若逛街。沿着这一脉潺潺流水信步小城时，不禁想到：要始终保持这溪水的深度，不能水太浅了让鱼搁浅，也不能水太大了把鱼冲走，恐怕是一门小城管理的学问呢！萩这个小城不仅是锦鲤汇游之地，也是日本许多如锦鲤般光鲜的知名人物的聚集之地：除木户孝允的旧居，还有高杉晋作、梅屋七兵、久坂玄端、村田清风、井上剑花坊等，每个名字应该都有一个故事。在蓝场川的南端的善福寺旁，我们看到了山县有朋的出生地，这又是一个吉田松荫的重要学生和明治维新的重要角色，他是20世纪初使日本成为军事强国的主要人物。1863年山县为长州藩的骑兵队指挥官；1867年德川幕府垮台，明治天皇亲政，他率兵戡平北方幕府余党作乱。1870年他提出建立国家军队的主张，从原来封建军队中选拔一万士兵组成帝国近卫军，由他统率。在西乡隆盛帮助下，山县有朋实行征兵制；政府分设陆海军两部时他出任陆军大臣。1877年西乡隆盛率萨摩藩武士起兵反对政府，他统军平叛，以征兵制的优越性战胜了昔日的勤王英雄西乡隆盛。1878年山县改任参谋总长，依普鲁士操典训练军队。1882年以军人身份兼任参议长；1889年自欧洲考察回国后受命组织内阁，历任首相、司法大臣、枢密院长，是政府中主要元老。中日甲午战争后他于1898年晋升为陆军元帅，同年重任首相。中国庚子事变中，日本在八国联军中出兵最多，成为剿平义和团的主角。但山县有朋力主出台的一项规矩后来影响到了日本的命运——先穷兵黩武，后战败臣服——因为这位国家军队缔造者做出规定：只有现役军官才能担任陆海军大臣。这个规矩使得文人不得掌握军权，而国运悉被军人绑架，以致走向军国主义的极端，而物极必反，最终使日本咽下了两枚原子弹的苦果！山县有朋这个军事强人当年行事的成功，恰恰给明治维新走入现代国家之列的日本留下了军人干政的隐患。若从此处说开去，那话题将很重很长了。

说过了长州藩，再来说萨摩藩。

如果说长州藩的改革先驱吉田松荫想出洋求学放眼世界的强烈欲望是被美国军舰激起的；在萨摩藩，他们走向西方世界的大门则是被英国军舰的炮弹给打开的。

当我们走出鹿儿岛的中央车站来到站前广场，一眼就可以看到一组青年学子的青铜塑像——这不是一般的青年学子，而是从这里出发到西洋留学的第一批日本留学生。这一群到西方取经后回国报效从而改变了国运的留学生，是日本的骄傲，更是鹿儿岛的骄傲。因为那时掌握着中央政权的幕府当局还持守着封闭锁国的政策，而作为藩国的鹿儿岛却勇开风气之先，第一个吃起了西方的螃蟹！

在历史改变的关键之处，有时候一个人的某种行为就可以代表这个民族的性格和取向：既自尊，又不耻求学。发生于1854年的"偷渡黑船"事件，与中国人被迫半敞国门来应付西风扑面的情形相比，日本人吉田松荫的急切心态和开放姿态是恨不得一头闯进别人家里去求学！

另一件事同样可以说明日本人在西方列强站到国门前时的民族性格：既恃强好胜，又认服比自己更强的强者。这就是发生于1862年的"生麦事件"，事发地点虽然在横滨郊外的生麦村，肇事者却是鹿儿岛的人。

鹿儿岛中央车站是日本新干线列车的终点，在鹿儿岛的海边港口处，另有一个鹿儿岛站，这是运行地方铁路的车站。日本的铁路系统十分发达，边边角角的地方都有火车可通。在锦江湾内的海岸线上，也有我们坐到萩市去的那种支线火车。从鹿儿岛站乘车，沿海湾上行可以到达一个著名的去处——雾岛神宫，神宫前有一个坂本龙马的遗迹，那是居间撮合萨长二藩达成同盟的传奇人物。而从鹿儿岛沿海湾下行，则通向位于锦江湾口的指宿市。在鹿儿岛与指宿之间的南九州市，有一个地方叫知览。我们去知览，是为了看一眼设在那里的"特攻队和平会馆"；但同在知览，还有一个"英国馆"。这个英国馆展览的是一些有关英国的东西，因为"生麦事件"是发生于日本人和英国人之间的冲突事件，所以在馆中也有详细的图片展出，以介绍此事的来龙去脉——

1862 年 9 月 14 日那一天，一个往返于横滨和上海的英国商人理察逊和另外三个英国人在路上遇到了萨摩藩主的庞大仪仗队，英国人骑的马受了惊冲入了仪仗队，感觉受到冒犯的卫士们拔刀砍杀了理察逊。于是英国人不干了，派军舰开到鹿儿岛城下，要求日方赔偿并道歉。以全日本海军之冠著称的萨摩藩岂肯吃素？率先炮击英舰，一枚炮弹击中了大英皇家海军的尤里雅斯号。萨摩海军看着英国军舰退避三舍，自以为得胜；谁知英舰只是开出了日本火炮的射击范围，然后在英制先进火炮的有效射程内对着萨摩战船、炮台和岸上房屋一阵猛轰。这下萨摩藩的日本人傻了眼，才明白土铳打不过来复枪。既然自己输理在先，又败仗于后，那就老老实实认账赔钱！不但认账赔钱，而且和对方建立了友好关系，派出了第一批年轻学子到英伦留学——这就是鹿儿岛中央车站广场上那一组青年留学生雕像的来由。由于那批留学生是放下架子沉下心来狠命去学，那效果自然不是大清国不甘不愿地对付西方事物的那种心态可比的。

看过站前广场上的留学青年群雕，面前是两条大道的交叉口，两条大道都朝南，一条偏东，一条偏西。向南偏东的大道越过一条叫甲突川的河，大道上有轨道电车通向海边的鹿儿岛站，而车站铁路线南边的海岸公园，就是当年萨英战争中被英国军舰炮轰的地方。向南偏西的大道

93

有一段和甲突川并行，沿大道直望过去，可以清晰地看见海湾对面矗立着的活火山樱岛，山顶火山口上还飘摇着阵阵烟气。而在这两条大道夹角之中的三角形区域，甲突川流过之处，是鹿儿岛市最重要的一块地方。鹿儿岛市在甲突川沿河修建了一条名为"历史之路"的散步小径，从小径入口走进历史深处，可以看到一大批明治维新时期重要人物的诞生地和成长地都集中在这里，其中有东乡平八郎、大山岩、吉井有实、黑木为桢、高岛鞆之助……当然最最重要的两个，是明治三杰中属于萨摩藩的两位：西乡隆盛和大久保利通。两人的诞生和成长之都在三角形区域的中间部位，相隔不远。在这两位杰出人物出生地之间，坐落着一座使鹿儿岛人深感自豪的博物馆——"明治维新故乡馆"。

想想看，在长州藩的萩城，那里的人把松下村塾称为"明治维新胎动之地"；而在萨摩藩的鹿儿岛，这里的人把甲突川边的这片重要人物诞生和成长的地方称为"明治维新的故乡"；我想这并非两藩争功，而是说明了：明治维新得以成功，长州萨摩这两个藩缺一不可。

"明治维新故乡馆"的多媒体影院中轮流播放着两部电影：《走向维新之路》和《萨摩留学生，向西方学习》，说明了这个博物馆的两大主题：变革和开放。其中一处展品设置令我印象深刻——那是在英萨战争的展区，放置了两枚炮弹：一枚是圆球形的，这是当时萨摩海军使用的前膛炮弹；另一枚是尖锥流线形的，那是英国海军使用的后膛炮弹。两枚炮弹都是十五公斤，都装了把手可以让参观者提起来感受重量。在两枚炮弹后面的展板上，是这两种炮弹的射程和射击曲线示意图，图上一目了然：日本前膛炮的圆形炮弹弧线高，射程短；而英国后膛炮的流线形尖锥弹弧线低，射距长。这就是为什么当兴师问罪的英国军舰遭到萨摩海军的突然炮击后先行退避三舍，然后才猛烈还击的道理。

"明治维新故乡馆"的彩页封面上印着三个人的头像：居中是萨摩藩主岛津齐彬，左右是西乡隆盛和大久保利通。

大久保利通早年就显示出政治才能，成为藩士。在处理人际关系上，工于心计的大久保远胜于率性而为的西乡。当立志进取的开明藩主岛津齐彬意外去世后，西乡隆盛因为其性格立场不容于新主，屡受流放囚禁之苦；而大久保利通则能迅速调整心态，与新任当权者搞好关系。得知新主人喜欢围棋，原本并不下棋的大久保努力学棋使棋艺精进，从而得以与新主日益接近而获得信任。在机会合适时终于使西乡隆盛得以返回藩国的权力中心。在美日合拍的电影《最后的武士》中，那个大受讴歌与同情的主人公的人物原型是西乡隆盛；而在天皇身边出谋划策反对西乡的那个政敌，应该是指大久保利通。但在当时政治变革中起到重要作用的大久保利通，肯定不是影片中的那副反派形象。

1866 年大久保利通与西乡隆盛决定与长州藩结成联盟，共同进行倒幕活动。在推翻德川幕府后，他成为明治政府中举足轻重的人物。他到西方考察后，认识到迅速发展经济的重要性，为此提倡创办技术学校，主张政府一方面向私人企业发放贷款，一方面开办国营工厂。1873年因征韩问题大久保与西乡发生意见冲突，他认为征外必先安内：应把内政改革和经济发展放在第一位。大久保利通赢得政争使西乡失势。但当 1877 年西乡隆盛作为反政府的萨摩军首领兵败身死后，大久保利通也于翌年被反对派刺死。

但明治三杰中最有魅力的人物却是西乡隆盛，最受鹿儿岛市民尊崇爱戴的也是西乡隆盛。西乡隆盛在日本人中似是异类，身材魁梧头颅硕大，身高一米九，体重二百斤，庞大的体量却一点儿也不影响他的智力修为。在鹿儿岛市，你可以随处看到他的形象和与他有关的遗迹遗址，有的酒馆饭店甚至愿意把他的全身人像竖在店前作为吸引顾客的招牌。可以说，一个见不到西乡隆盛的鹿儿岛市是不可想象的，他已成为城市的标志。

生在九州岛南端的西乡隆盛，比生在九州岛北端海峡对面长州藩的吉田松荫大两岁。如果说明治三杰中的另两位，大久保利通谙权谋、木户孝允重理智，那么西乡隆盛则是一个性情中人。西乡二十八岁就做了萨摩藩主岛津齐彬的亲信扈从，成为当时有名的改革志士。1858 年岛津齐彬暴病而亡，西乡曾打算殉主而死。后经月照和尚劝导，决定活着为齐彬的遗志而努力，进行幕政改革，却因与新任藩主政见不合而被迫害。他们先逃出京城避死，却又被勒令离开藩国。当船行至鹿儿岛外的锦江湾，二人于绝望中相抱蹈海自尽，当初劝他活下来的月照和尚淹死了，奄奄一息的西乡被救起后流放到奄美大岛。几年后在藩中握有大权的大久保利通帮助他返回藩国得到启用，却再次因与新藩主岛津久光政见冲突被流放小岛。和吉田松荫一样，他在被囚岁月中读了大量儒家著作，希望有朝一日能为国效力。今天在他的纪念馆"西乡南洲彰显馆"中，我们还能看到他用汉字写的漂亮书法和诗词文章。

到了 1864 年，形势转换，倒幕派势力大增，应藩士们要求，藩主下令召回西乡委以重任，执掌萨摩藩陆海军实权。同年 7 月他遵藩主之命，参加了幕府对长州藩兵变的军事行动，并因负伤而受到褒奖。此时的长州藩受到幕府军与英美法荷四国联军的内外夹攻，长州藩的骑兵指挥官山县有朋也在四国联合舰队炮击下关的战斗中负伤。萨摩藩之所以参与幕府对长州藩的镇压，是因为长州藩致力于武力攘夷，而萨摩藩通过和英国人的战争，知道只凭武力不可能战胜外国，武力攘夷已不可为。这次参加幕府镇压使萨摩藩和长州藩结下了梁子。山县有朋的负伤使他看清攘夷派如没有坚甲利兵定要失败；而西乡隆盛的负伤使他认识到已不能再帮助幕府维持政权了。所以在翌年 4 月幕府组织第二次讨伐长州藩的行动时，西乡在行动上已经贯彻他倡导的强藩联合对抗幕府的主张，不顾幕府一再下令催促，坚拒出兵。这一年年底他派人与长州藩联络以消除前嫌，于 1866 年初在东京同长州藩倒幕派领导人木户孝允缔结了"萨长倒幕联盟"的密约，从此开始在全国进行广泛的倒幕行动。

1866年中，幕府的势力随着德川家茂的死亡进入尾声。年末，一贯压制倒幕派的孝明天皇也神秘地死了，年仅十四岁的明治天皇继位，萨长同盟利用机会开始武装讨幕。1867年，西乡隆盛和大久保利通等做好了用天皇名义发布《讨幕密旨》的准备，于当年12月发动倒幕政变，发布《王政复古》大号令，拉开了明治维新这出大戏的帷幕，并组成了由西乡和大久保等掌握实权的新政府。最后一任幕府将军德川庆喜负隅顽抗，西乡隆盛指挥政府军与之决战，于1868年1月击败了幕府军队，被新政府任命为陆海军负责人。2月，讨幕军包围江户；3月，西乡向幕府提出七项投降条件，最终使江户"无血开城"。此后他又领军转战，讨伐幕藩残余势力，节节胜利。凯旋后的西乡隆盛成为明治维新的大英雄和头号功臣，并成为诸藩家臣中官位最高、受封最厚的人。西乡性情中人的一面又表现出来，他认为自己的功名地位已高于旧主岛津齐彬，有损忠臣的声誉，遂于1870年初辞职回到鹿儿岛，做了藩政顾问和大参事。但功成回乡的西乡此后也进入了一种矛盾的境地。

西乡此前的事业是改革图新归政天皇，以新政府取代旧幕府。但新政府实行新的兵役制度，恰使旧有的武士阶层利益受损。许多武士生活无着前来找他，他可以敞开自家钱箱供他们取用，却不能使政府再照顾失势的武士，于是与朝中当权的大久保利通等人产生了矛盾。西乡想到的办法是为"下岗"的武士们找到新的用武之地：他想率领武士们去攻打朝鲜。他甚至想用牺牲自己的办法来为国效劳、为武士们解困：要求自任使节出使朝鲜，用外交手段激怒朝鲜人，一旦对方中计杀他，日本便可名正言顺去派兵讨伐了。这个办法对朝鲜人来说自是奸诈，却显示了西乡对日本的无私忠心。但征韩方略终被大久保等人否决，愤怒的西乡向天皇请辞归乡。天皇批准了他辞去官职，但给他保留了陆军大将的军衔。

武士阶层失落的怨怒终于酿成战祸，1877 年一些萨摩武士进攻鹿儿岛的政府军火药库，拉开了地方反对中央的西南战争的序幕。事发时西乡并不在鹿儿岛，事变也非他所发动，却被起事者推为首领。他本可抽身避责，但这时他性情中人的一面再次显露出来，居然接受了武士们的拥戴，或许是不忍有负于他们吧！西乡领兵的名义是"质问政府"而非反对政府，此中亦可看出他的矛盾心理和两难境地。西乡为首的萨摩军在熊本城与政府军激战，先胜后败，最后退回鹿儿岛。在城山之上，负伤的末路英雄已身心俱疲，唯愿一死了之。他以自杀的方式结束了日本的最后一场内战。

西乡隆盛最大的一座铜像矗立在鹿儿岛市中央公园之侧、城山之下。山顶后侧有一个"西乡洞窟"，那就是他兵败负伤暂留的地方。一天清晨，我们从西乡隆盛铜像前沿着登山步道爬上山顶，那是居高眺望锦江湾对面的活火山樱岛的最佳位置。想象当年西乡率军踞守此山，与他亲自辅助建立的政府军对抗，炮火间歇中想必也在山顶眺望过樱岛火山口飘起的阵阵烟气，他的脚下除了落满炮弹掀起的尘土，也落下过火山喷发所产生的细灰。

从山顶观景台沿山道下行，不远处就是他负伤藏身的"西乡洞窟"。从洞窟再沿山路下行，经过"西南战争弹痕遗迹"，越过一条铁路线，我们找到了西乡隆盛临终之地。正是在这里，西乡隆盛要求部下介错砍下他的头颅以平定战事，他以武士的死法保持了自己的荣誉。

作为叛军首领的西乡兵败身死，官禄爵位自然予以剥夺。但民间对这位明治维新的英雄从未停止同情和景仰，明治天皇也表示惋惜之意。1899 年，在大日本帝国宪法颁布的同时，西乡隆盛获得特赦，并追赠了原来的正三位官阶。

　　结束了日本长萨旧藩之旅，南北九州和下关、萩市的风光风物自然给我们留下了深刻的印象，但印象更深的却是了解到的那些一百多年前的历史人物。日清和日俄两场战争的获胜使日本睥睨天下；另外一批日本人的狂热和疯魔又把日本带入了罪恶的渊薮和悲惨的境地。

南极之尾

去摸一下南极的尾巴

地球上所有的大陆几乎都是北宽南窄的倒三角形，大陆的最南端都是一个尖。非洲的尖叫好望角；美洲的尖叫合恩角；欧亚大陆有两个尖：印度半岛和印度支那半岛；大洋洲的尖和澳大利亚本岛断开了，是塔斯马尼亚岛；甚至位于地球最北端的那个大岛格陵兰，它的尖角也是指向南方——这些陆地板块的尖角都顽强地指向一个地方，地球最南端的那一片大陆，南极洲。

所有这些陆地板块为什么都指向地球南端而非北端？我想只有一个原因：北端是空的，地球的北极，只是一片被陆地包围的海水；而南极是充实的，地球南极是一片被海洋包围着的大陆。这片大陆有一千四百多平方公里，像一个宽大厚实的巴掌，从下面稳稳地托住了地球，让生活在地球上的人心里感到踏实。

当然这只是我面对地球仪生出来的感觉。你把地球仪翻过来看看，南极洲像什么？它孤悬在四面大洋之中，像一种海洋动物：鲨。近乎圆

100

形的身体，拖着一根细细的尾巴。南极大陆的这根尾巴，就是南极半岛。这两年，南极忽然成了一个热门的旅行目的地，据说每年去过的中国游客就数以千计。凡是去过的人，都可以有些自豪地说：我去过南极了！闻者也会有些惊羡：哎呀，你连南极都去过了！他想象中的南极，大概是那片冰封的大陆，甚至是冰封大陆的中心——南极点。但是且慢，虽然都可以称之为南极，一个是南极边缘，一个是南极纵深，二者相去何止千里！本人刚刚从南极旅行回来，虽然告诉朋友时心中也有些许的自豪，但只敢弱弱地说一声：我刚到南极洲的边缘去打了一回酱油！或者更形象地说一句：我前去摸了一下南极的尾巴！

和当年以性命为赌注深入南极纵深的探险者们不同，随着现在交通和旅游业的发达，到南极洲的边缘去做一次旅行，已经不是什么难事了。在阿根廷最南端的港口城市乌斯怀亚，有专门往返于南极半岛的探险游船，船上有专业的探险队员为从世界各地前来亲近南极的人们服务，负责保障船上游客在南极洲边缘岛屿和陆地的登陆和巡游。你只要花上钱和时间，到南极去已经不再是一个梦想，而是一个可以实施的计划和行程。南半球和北半球冬夏相反，每年的11月到第二年的3月，是游客们可以乘船去一睹南极壮观景色的时间，在那里等着你的是茫茫的雪野、幽蓝的冰山、成千上万的企鹅海豹，还有沉浮于冰洋中的鲸鱼的身影；当然还有汹涌的海浪和或许云光绚烂、或许风疾日昏的变幻天气。能否在预定地点登陆和巡游，那就全要看运气了！

虽然只是去摸了一下南极的尾巴，但毕竟不同于在家门口摸一下邻居小狗小猫的尾巴。南极洲的这条尾巴，还是离我们太遥远太遥远了！你得先越过浩瀚的太平洋，从欧亚大陆飞到美洲大陆；再越过赤道，从北半球的美国飞到南半球的阿根廷；再从阿根廷的首都布宜诺斯艾利斯继续向南飞到美洲大陆的最南端火地岛；在乌斯怀亚港登船，再航行两天，穿过环绕南极洲的西风带上风急浪高的德雷克海峡，才能接近南极洲的边缘。想起 20 世纪 70 年代马季相声中有一段顺口溜：走西沙南沙曾母暗沙，走新加坡马来亚印度尼西亚的苏门答腊，穿过马六甲海峡，走甘岛塞舌尔群岛经维多利亚，再往前走一千八百零八，这才到了坦桑尼亚！而我们的行程比这段顺口溜描述得要远得多得多，自西向东一万两千公里，再由北到南一万两千公里，最后才能小心翼翼地摸一下南极的尾巴，而且仅仅是尾巴尖而已！

地球最南端的城市

与南极洲的尾巴尖隔海遥遥相对的，是火地岛。在地图上如果不仔细看，你会把它当成南美大陆的最南端，因为如果不是那一条窄窄的麦哲伦海峡把它分开，它几乎就是南美大陆的一部分。对于从全球各地飞过来要去南极的人们，火地岛是他们落脚并换乘轮船的地方，这个落脚点也真像是一只脚，火地岛的主岛极像一只中国古代妇女缠足而成的畸形小脚。不过这小脚可不小，群岛总面积七万三千七百四十六平方公里，从脚背和脚踝的连接处被一条垂直的国界线一分为二，前半只脚归阿根廷，后半只脚属智利。归阿根廷的这前半只脚底板下面踩着一条比格尔海峡，海峡那一边的岛屿也归智利。所以南美洲的最南端，属于智利而非阿根廷；但南美洲最南端的城市，却非阿根廷火地岛区的首府乌斯怀亚莫属。

乌斯怀亚是一个漂亮的边地小城，坐落在从山向海倾斜的坡面上，不过两条长的横街和十几条不太长的竖街而已。在横街上漫步时，每过一条竖街的街口，仰头上观，是蔚蓝的天、黑色的山峰和山峰上白色的积雪；俯首下看，每条街的尽头都是湛蓝的海湾。沿着海岸线自东往西，依次是阿根廷海军的基地、客货码头和游艇码头，岸边行人不多，海鸟不少，一片和平景象。这座小城居然还有一个不算小的赌场，恰是赌场前那片广场，表明这小城的内心其实是不平静的。

为什么不平静，一说就知道，赌场前的广场名为马尔维纳斯战争纪念广场，纪念碑就是在竖着的金属板上镂刻出来的马尔维纳斯地图。就在火地岛这只脚尖前方四百八十公里的南大西洋上，飘着两片蝶翅状的马尔维纳斯群岛，英国人叫福克兰群岛。简述一下马岛的历史吧：记载中最早发现和登陆此岛的都是英国人，时间分别在1592年和1690年；1764年起法国人和英国人先后在西岛和东岛上建立最早的居民点；1770年被西班牙人占领；1774年英国海军撤离但仍称对群岛拥有主权；19世纪初西班牙人对阿根廷的统治结束，阿根廷人宣布继西班牙人占有该岛，并于1828年派驻总督。但英国重新提出主权要求并于1833年派兵驱逐了岛上的阿根廷士兵，1892年正式宣布为英国殖民地。

英阿两国对该岛的主权争议是显见的，但争议并不意味着必有一战。但是20世纪80年代之初，阿根廷发生严重的经济危机和大规模反对当时军政府的运动，军人当政的加尔铁里总统为了缓解国内危机，于1982年4月2日下令出兵占领马岛，马岛战争正式爆发。在战争过程中，双方各损失一艘巨型战舰。阿根廷巡洋舰贝尔格拉诺将军号被英军鱼雷击沉；英国驱逐舰谢菲尔德号被阿军飞鱼导弹击沉，而发射飞鱼导弹的阿军战机就是从火地岛升空攻击的。这场战争最终以阿根廷的惨败落幕，英国人收复马岛，九千八百名阿根廷军人成为战俘。这场战争使阿根廷人的民族感情受到重创，至今难以平复！

加尔铁里的战争行为可以视为一场豪赌，但遗憾的是，他没有赌赢，不但输掉了自己的政治地位，也输掉了阿根廷的国家尊严。而为了远隔重洋的一个群岛不惜一战的英国铁娘子撒切尔，不但赢得了战争，还赢得了次年的大选。在乌斯怀亚海边的这个马岛战争纪念广场紧挨着赌场，不知道是刻意还是巧合？

回想起我们到阿根廷领馆去办签证时，领馆要求我们将行程单上的南乔治亚岛必须由英文 South Georgia 改为西文 Georgia de su，否则就不发给签证。我当时想阿根廷人未免太矫情了，南乔治亚又不是马尔维纳斯！后来一查，才知道同是英属的南乔治亚岛，虽然离马岛有一千多公里远，在行政上却是属于马尔维纳斯群岛的，难怪阿根廷人要如此较真！也只能在文字表达上如此较真了。

令人头晕的德雷克

乌斯怀亚是地球上离南极最近的城市和港口。从南美洲去往南极的船只，大都从这里出发。轮船出港向东横过阿根廷智利两国之间的比格尔海峡，再折向南行驶约一千公里，就到了南极半岛和它外围的南设得兰群岛。南美大陆的尖端合恩角和南极半岛的尖角遥遥相对的这一千公里海域，就是被许多人视为畏途的——德雷克海峡！

当有朋友得知我要去南极旅行，当即警告：去南极可得要小心德雷克海峡哦，那里的大风和涌浪不把人颠个七荤八素可不算完哦！看去过的人写文章，也是谈虎色变，说经过那里时无人不晕，只是程度轻重而已。至于我，曾经有过在东海跟渔民出海打鱼晕得死去活来的经历，既然曾经是晕死过的，为了去南极，也就不怕再晕死一回了。

同为海峡，火地岛和纳瓦里诺岛之间的比格尔波平如湖，船行水面如车行大道；可一旦出了比格尔踏上了德雷克的地盘，大海便开始波涛涌动，八千多吨的船如一叶小舟般摇晃了起来，舱里原本安安静静的橱柜也吱吱嘎嘎响个不停。咬牙挺到半夜两点，终于熬不住了，趴到马桶上吐了一番，赶快吞下船上医生发给的晕船药，出了一身冷汗，好歹扛到了天明。早上摇摇晃晃走进餐厅时，发现很多人都坚持着来吃早餐了，老德雷克显然还是手下留情的，没有扯起大风大浪把大家都放倒。因为在乌斯怀亚登船之前，只见我们将要乘坐的海钻石号游轮恰被笼罩在一圈彩虹之中，同伴们都说，此行有彩虹加护，必大吉也。

德雷克海峡是以英国伊丽莎白时代的航海家德雷克命名的。但这海峡以他命名并非让人服气，特别是不能让西班牙人服气，因为他的船队只是随波逐流地被暴风吹到了南纬56度的海域，并没有继续向南完成跨越海峡发现南极大陆的壮举。当时德雷克居然被后来以他命名的这道海峡上的狂风巨浪给吓退了！那时候英国人在海上帝国西班牙面前还是后起之秀，英国船只在大西洋和西印度洋上屡受西班牙人的欺负。后来德雷克奉英国女王之命率船队出海，有权劫掠西班牙的船只和土地。他在攻打西班牙殖民地巴拿马时负了伤，但掳获大量财富。他在巴拿马地峡的山冈上望见太平洋，或许成了他日后完成环球航行的动机。1578年8月德雷克被后来叫作德雷克海峡的恶劣天气吓退之后，走前人的老路穿过麦哲伦发现的麦哲伦海峡进入太平洋，沿着南美海岸大肆抢劫西班牙商船。在从北面返回大西洋的希望破灭之后，他因祸得福改向西航，最终穿过印度洋，绕过好望角回到大西洋，成为继麦哲伦之后第二个带领船队完成环球航行，并且活着回到出发点的人。当1580年他的船只抵达英国，女王亲自登船慰问并赐予爵士头衔。此后英国西班牙爆发战争，女王命他率领舰队破坏西班牙海外领地，他到处攻击西班牙殖民城市，甚至深入虎穴，冲入西班牙的大本营加的斯港进行攻击，使西班牙无敌舰队的建成至少推迟了一年。再后来西班牙舰队来袭，他任英国舰队副司令，率队猛冲并使用火船，把无敌舰队打得落花流水。所以对于西班牙人来说，德雷克这位英国人心目中的海上大侠，绝对是一个令他们极度头晕的家伙！

而对于我们来说，既然已经越过德雷克海峡到了南极半岛，便想当然地以为不会再受晕船之苦了，因为回程不必再走德雷克海峡，而是转道南乔治亚岛去布宜诺斯艾利斯。但是没想到，开往南乔治亚岛那段航程我竟然比穿过德雷克海峡时晕得还厉害，不仅大吐，还趴在床上去不了餐厅了。原来让人头晕的不仅仅是德雷克，而是环绕南极大陆的整个西风带啊！

想做一只信天翁

要去南极，路途遥远。飞机从欧亚大陆东端的上海出发，到美国达拉斯转机，可视为一条自西向东的横拉线，但实际航线是经日本列岛、堪察加半岛、白令海、阿拉斯加，再沿北美洲西海岸到北美洲的中部的一条弧线，距离一万两千公里；从达拉斯飞往阿根廷首都布宜诺斯艾利斯，可视为一条从北向南的下划线，距离八千公里；从布宜诺斯艾利斯再飞往南美洲的最南端，那个大陆尖角上阿根廷和智利分享的火地岛，是下划线的延伸，距离三千公里；从火地岛南端的港口乌斯怀亚登船，越过德雷克海峡方能接触到南极半岛的尖端，距离一千公里。从南极半岛尖端到南大西洋上的英属南乔治亚岛，距离约两千公里；从南乔治亚岛再回到布宜诺斯艾利斯，距离约三千公里。至此算是完成了对南极半岛、南设得兰群岛和南乔治亚岛的探访。

回程且玩且行，从布宜诺斯艾利斯飞阿根廷巴西两国交界处的伊瓜苏看那里的大瀑布；从伊瓜苏飞里维热内卢；从里约经圣保罗飞秘鲁首都利马；从利马飞秘鲁高原古城库斯科再飞回利马；从利马飞古巴首都哈那；从哈瓦那飞墨西哥的坎昆；再从古城梅里达飞墨西哥城；从墨西哥城飞达拉斯，再从达拉斯飞回上海。总行程达五万六千公里，超过环绕地球一圈。从旅行长度来说，可算是壮游。若此种生活成为常态的话，就可算是飞行人生了。但人毕竟不是鸟，就算是坐着飞机，完全不用自己出力，如此长途飞行也足以让人疲惫。就算你想这样一直飞着玩下去，也是心有余，力不足的。

但鸟就不一样了，鸟的生命，是系于飞行之上的。有些体形很小的

106

鸟，竟可以凭一己之力飞越大洋；而有一些大鸟，其生命简直就成了飞翔的符号，比如信天翁。到南极去，你想看的景色自然是纯净的雪境和瑰丽的冰山，你最想亲近的动物自然是憨态可掬的企鹅、海豹和可望而不可即的巨大鲸鱼；但在整个航程中，你不得不看、不能不看，当你站在船甲板上它就在海面上滑翔着陪伴着你的，则是信天翁。当它的身影出现在你的视野中的时候，船上探险队里的鸟类专家便也开始讲述信天翁的故事：

地球上的信天翁有十几种，除两三种生活于北半球，大多生活于南半球，特别是靠近南极洲的西风带。信天翁是会飞的鸟中体形最大的，以飞机作比的话，它就是鸟类中的波音777，其中最大的漂泊信天翁，翼展可达三米多长。因为身体硕重，信天翁不能像小型鸟类那样用扇动翅膀来飞行，而是靠驾驭海风来获得飞行的动力，所以环绕南极大陆终年有风的西风带便成了它们生活的天堂。它们滑行在海面上，一双冷峻的眼睛搜索着看哪里会漂起它们主要的美食——乌贼。据说有时也会扎入海水中去捕获食物。

信天翁的名字取得真好！信天二字，道出了它们生命的本质——飞翔。尤其是漂泊信天翁，那就是造物者在南大西洋上唱出的信天游啊！而一个翁字，也极恰当，因为信天翁的寿命最长的可达五六十年，以人来说，也可以称翁道叟了。

信天翁的一生，只在幼年时期和繁殖时期依附于陆地。当雏鸟经过父母一年的哺育，羽毛长成，一旦起飞，几乎一生都在海上飞翔。在常年不息的西风带上，它们一圈一圈地飞着，经年累月，乐此不疲，据说一生飞行的距离可以达到三十万公里，那可是从地球到月球的距离啊！我想如果地、月之间也有一个风带存在的话，它真的可以飞到月球上去的！

巨型流浪者，细微大造化

　　船近南极，渐渐地就看到了冰山。那些冰山，有些零零散散，被海水和渐暖的气候蚀刻成各种形状，有的像一顶靴子，有的像一只帽子，有的则像一件钻饰，在远远的海平面上发着浓淡深浅层次不同幽蓝的光。当然这些靴子、帽子和钻饰都非常巨大，不知道要多么大的巨人才会穿戴和遗落它们。

　　在去南极之前，想当然中冰山是白的，但是身临其境后才知道，原来冰山是蓝的。为什么蓝？因为它们体积巨大。你看空气是无色透明的，但由空气构成的天空则是一片蔚蓝；你看水是无色透明的，但由水构成的海洋却是一片湛蓝。同理，冰是透明无色的，但由冰构成了巨大的冰山，它便也像天空和海洋一样以蓝色呈现于你的面前，其实它们的前身也就是空气和水。地球气流将水带到南极洲上空以雪形降下，千万年的积雪融化挤压凝固成为南极冰盖，冰盖因重力下移成为冰川，冰川移到海面的部分断裂了下来，就成了脱离南极母亲的游子，这些冰山像一个个巨大的流荡者，从南极海域向赤道方面漂流，最远的可以漂到非洲大陆的尖端好望角。它们的年龄大约在五千岁，但漂流时已是它们的暮年，大约经过两到十年时间，它们便又身归大海，魂归自然。

　　冰山出自南北两极，产地不同品相也不同。北极没有陆地，所出冰山多为四五十米高，一百多米长，年产量二百八十立方公里。已知最大的一座长十一公里，宽约六公里。南极冰山则以体积巨大、顶似平板为特征，它的产能也比北极大得多，年产一千八百立方公里。已知最大的一座长三百三十公里，宽一百公里，相当于一个牙买加岛。我在甲板上没有看到那么大的冰山，但当我们所乘的八千吨游轮从一艘长达十几海里，全由蓝冰构成的超级巨级航空母舰身边驶过时，那也是一种罕有的体验！

　　船近南极，在漂浮着巨大冰山的海面之下，我知道还有一种巨大的存在，却以细小的方式在洋流中涌动着，那就是南极圈所有生命活动的基础——南极磷虾。

　　从船上探险队员们给我们开的南极系列讲座中我们知道，南极磷虾单体约六厘米长，两克重，如果一直存活，可享六年寿命。它们身体下侧有发光器，尚不知道这发光的功能对它们的生存有什么作用？或许仅仅是因为上帝说过：要有光！于是这些上帝的微型造物们便在海水深处也努力发光？南极磷虾的适温范围在摄氏零度到一度之间，所以只适宜生活在南极周围海域，在海洋表层或两千米深处结成大群，而从南极大陆上漂下来的冰山，或许就是上帝给它们送来的空调。南极磷虾的繁殖很有意思，它们产卵在水深二百多米处，卵粒每天下沉一百多至三百米，边下沉边孵化，三五天后下沉到一两千米深度时孵化结束，磷虾幼体靠取食微生物，边发育边向上缓慢移动，当到达一百多米水层时，就成为能够主动摄食的幼虾了。南极洋每年1—4月每立方水中可含磷虾多达二十公斤。

　　这样一种微小的生物，它们的意义何在呢？这样说吧，如果没有这种微小的造物存在，那么更大些的造物：南极海水中游着的鱿鱼和其他鱼们；在南极海面上飞翔的信天翁和其他海鸟们；在南极海岸边栖息的各种企鹅和海豹们；在南极海域巡游的最大造物蓝鲸和须鲸们，所有这些物种都将无法成活。因为动物以食为天，而它们取食的最基本食品，就是南极磷虾！

　　当我们站在南极边缘的海岸上看着那一片一片数以万计的企鹅和数以千计的海豹们时，不仅会瞎操心：它们靠吃什么为生？但上帝早已关照到了，我觉得创世纪中似乎应有这样一句话：吾造汝，使汝与食汝者皆得生存！

真美、真臭、真臭美

　　乘坐游轮是一种通常的极地旅游方式。一般的游轮上有两套人马：一套是驾驶系统，人员有船长、大副、二副、三副、负责轮机工作的机师和负责甲板工作的水手。另一套是服务系统：有专门人员服务于前台、餐厅和客房。而我们乘坐的海钻石号，因为进行的是极地旅行，所以必须多出一套人马——探险队。

　　在南极之旅中，船长负责航行安全和在合适的地点停泊；服务系统负责乘员们的食宿；而探险队员们负责的则是：在和船长商定了停船位置后，从轮船上放下登陆用的橡皮艇，先驾艇在准备登陆的海域进行试探性巡游，确认风浪无碍于安全时，再让全体游客分组登艇，一半人员先登陆，另一半人员则在附近海域巡游观景；然后再做交换：巡游的人员登陆上岸，岸上的人员乘艇巡游。当每个游客在此地点都体验过了登陆和巡游之后，一次探访行动方告结束。还有很重要的一个动作是：在每次游客登陆之前，探险队员们不仅要在岸上规划好对人对动物都能保障安全的行进路线，还要预先将干粮、饮水和帐篷等物资运送上岸，以防气候骤变登陆人员回不了轮船时，能够在岸上扎营度夜。为了保证游客的绝对安全，探险队事先对全体游客都进行了救生演习；每次登艇严格按事先分组进行，出船和回船都要报姓名舱号以确保无一遗漏；而巡游时，负责驾艇的探险队员都会尽量把皮艇开得平稳，尽可能多地让游客拍照、感受，多欣赏一些南极的美。而当每天傍晚来临，探险队员们都会在轻松幽默的气氛中，为大家进行这一天的探险回顾。所以在船上的半个月中我们接触最多的，就是这些探险队员。

　　轮船经过两天航行到达南设得兰群岛，登岛行动终于开始了。因为在南极地带观景首先要看的是大自然的脸色，所以当气候条件允许时，探险队员们一点儿时间也不敢浪费，凌晨便用广播将大家叫醒，第一次登陆行动于早上五点开始。我们按照事先排定的名单每组十一人，依次上艇登岸。在黎明的光线中，我们终于和南极的岛屿亲密接触了。按照探险队员们事先教练演习的动作，以臀部在橡皮艇的边缘移动，然后将穿着防水长靴的脚踏入岸边浅水，踩稳后再涉水上岸。站定之后，山上白雪、水中蓝冰，还有那站满了金图企鹅的长长海滩，一下子占满了眼眶、挤满了眼帘，那种壮观，那种美丽，简直令人窒息！

且慢，我说的是令人窒息吗？是的，在这个初见南极的无风的清晨，除了难以想象的美丽令人窒息，还有一种东西也令人窒息，那就是一种臭味，准确地说，是聚集在海滩上成千上万的企鹅们的排泻物产生的臭味，如果不是这宽阔的美景使你心胸开张，换一个封闭空间，这臭味足以把你熏倒。所以，如果你问我对南极的第一印象，两个字：臭美！真的臭，也真的美！

但是后来，当我们离开了海钻石号，回忆起帮助我们在南极登陆和巡游的探险队员们时，我想起的竟也是这两个字：臭美！为什么呢？探险队员们来自不同国度：英国、法国、加拿大、澳大利亚、美国、日本……真正是五洲四海；他们也各有所专：摄影家、医生、气候学家、动物学家、鸟类专家、地理学家……真正是各显其能；把他们聚集到一起的是同一个情结：对极地的热爱。他们一个个都那么友善、亲切、敬业，年龄有老有少，却都单纯得如同萌达达的企鹅。他们并不需要多么高的报酬，只要能在极地工作，用他们的专业知识和技能帮助游客们了解极地、爱上极地，就是他们所要的幸福。当然，我说的臭美，并非真臭，而是他们自我满足、怡然自乐的那种微醺般的臭臭的状态。

但是，真美！无论是南极，还是他们。

心醉神迷纳克港

在南极边缘最美妙的时刻，是在纳克港的那个下午。

感谢谷歌地图，让我在从如此遥远的极地边缘回来之后，只在 iPad 上拉动画面，就可以轻而易举地回到那个地方。纳克港是南极半岛那条大陆尾巴上的一个小缺口，形状像一只靴子，和意大利的版图有些相似。但不同的是：意大利是陆地之靴，一脚踏入了地中海；而纳克港是海水之靴，一脚踩进了南极半岛。纳克港的北面，是属于南设得兰群岛的昂韦尔岛和布拉班特岛，如果不是这两个岛挡着，它的视线就可以穿过一千公里的德雷克海峡直面南美大陆的尖端合恩角；但正是由于有这两个岛屿做屏障，纳克港才得以成为南极半岛上安宁静谧的避风港。

纳克港之所以被命名为港，我想大概是因为那楔进半岛的长靴状海湾太像一个天然避风良港。但实际上，这个被叫作港的地方没有任何人工设施，只有当我们乘坐的海钻石号游轮驶进它长靴状的海湾时，它才临时具有"港"的意义，可是这个港连能供轮船靠岸的码头也没有，游轮泊在海湾中，我们仍然只能靠从轮船上放下的橡皮艇涉水登陆。在这里，我们进行了此次南极之行中唯一的一次登山行动。我们在纳克港的靴底处登岸，抬头上望，一片茫茫银色向上伸延，那就是被皑皑白雪覆盖着的南极山峰。目光顺着斜坡上移，数百米外，一片浑然的白雪中忽有一段黑色山崖孤悬在外，黑崖顶上，已有几个黄的、蓝的小点在上面移动，而从我们脚下的海滩到黑崖之间，已经有一面一面小红旗组成了一条连线，原来这就是探险队员为我们准备好了的登山路线，而黑崖上的几个黄、蓝小点，则是上去打前站的探险队员。

道路就在面前，需要的只是攀登的体力和勇气，二话不说，俯身捡起一根探险队员们为你准备好的登山杖，开始了在南极大陆上的登山。

好意思这么说吗？就算满足一下虚荣心吧，虽然南极之尾离南极中心尚有两千公里之遥，但南极半岛也算是南极大陆的一部分吧！步步喘息，登到黑崖之顶，此刻在山下海滩上的人看来，我们也已成了黑崖上黄色的小点——黄色，是船上发给我们御南极之寒的冲锋衣，但是我冲锋衣包裹着的内衣已经被汗湿透了。忽然看到有人竟然脱掉了冲锋衣，又脱掉了内衣，在四周无垠的白雪中光起了膀子，连同伴中大我九岁的老周居然也效而法之，我还有什么理由小心翼翼地将一身大汗捂在厚厚的冲锋衣内呢？于是我也玩起了脱衣秀，赤裸着上身站在南极的雪山之上，看着山下海水中的一湾浮冰，那感觉岂一个爽字了得？其实这一切，都得感谢纳克港的静谧，气温虽然在零下数度，却因干燥无风而并不觉冷，将湿透的内衣抖开，下山前再穿上，居然已经半干了。

下山之后，接着是乘艇巡游。纳克港的海湾里，满是各形各状的浮冰，一座座晶莹剔透，因体积大小不同，在渐斜的阳光下显示出浓淡深浅不同的蓝色，这是由上帝之手造出的水晶玻璃器皿，胜过威尼斯和捷克最好的玻璃工匠！而更碎一些的冰块则像铺在波平如镜的水面上的羽毛，看似轻柔，但当橡皮艇驶过碰上它们时，却会发出声响。在大家都凝神于美景时，雪山宁静，冰山宁静，海水宁静，整个海平面上只有艇碰冰块的砰砰之声和照相机的咔咔之声。

忽然，不远处传来一个粗重的呼吸之声，随之海面上喷出一条水雾，那是鲸鱼在我们身边现身了，顿时引起一片惊呼。那鲸鱼（不知是一头还是数头）不时在我们的小艇边浮现，时左时右，但是神龙见首不见尾，最多只肯露出黝黑的脊背，真希望它把尾巴举出水面，和我们这些远来之客打个招呼！

绅士企鹅，泼皮海狗

如果诗人海子到过南极，他恐怕就不会写出"面向大海，春暖花

113

开"这样的句子。世界上真正面向大海的生命非企鹅莫属，它们成千上万地聚居在南极的海滩上，背后的雪山或石崖不是它们的领地，日复一日，年复一年，它们能够面对的只有大海，但春暖花开的景象是绝对没有的，因为极地世界连草都不长，更不要说花了，顶多有些苔藓。除了下海觅食，它们就是成群结队地站在海滩上傻看海景，那海景不过就是湛蓝的海和蔚蓝的天，中间有一条海平线，时而风急浪高，时而风平浪静而已。

忽然这一天，海平面上出现了一个东西，像漂浮的冰山，却比冰山多了几种颜色。那个不像冰山的冰山越漂越近，从它中间的洞洞里放下一个又一个黑黑的漂浮物，这些黑黑的漂浮物上有一些黄色的小点，然后这些黑东西一个一个地朝海滩漂来，靠岸以后，黑东西上的小黄点一个一个地跳到浅水上，然后涉水上岸，走近了才知道，这些小黄点们其实并不小，比最大的企鹅还要高很多，比身边的海狗们也要大，当然，比起躺在后面睡觉的象海豹，它们的体形就不算大了。这些黄黄的东西一上岸就直奔我们而来，它们是要来吃我们吗？显然不是，因为它们走到离我们还有一段距离的地方就停下了，每个黄东西都把一个黑黑的东西举到脸前，在我们身边转来转去，它们从何而来？它们是谁？它们要干什么？真是好奇怪啊！

上面这段文字，是我站在企鹅的视角上写的。是啊，我们这些奇怪的披着黄羽毛的动物，乘着一座"冰山"漂来，又坐着像鲸鱼背一样的黑东西登陆，前来探望你们这些南极地区的原住民。登陆前的注意事项中有一条："为了不干扰企鹅与海豹们的正常生活，你靠近它们的距离以五米为限！"于是有人问："我们可以遵规则，但如果它们靠近我们呢？"探险队长笑道："那就是野生动物的权利了。"的确，当我们上岸之后，这个五米的距离时时被打破，原因是当我们停下脚步，便会有好奇心重的企鹅蹒跚着走近，上前一探这些奇怪的黄东西的究竟。它们有的就傻傻地站在你面前和你对视，有的则会伸出嘴来啄啄你的衣角、你的靴子，还有你手持的登山杖。甚至当我们列队合影时，也会有一两只企鹅硬是挤到我们的队前来蹭个镜头。当你近距离和它对视时，真的会有一种伸出手去抚摸的冲动，但——这是被禁止的！

企鹅看着我们好生奇怪，其实我们看着它们也心有疑惑：它们就这样成群结队地生活在这狭长的海滩上，饿了下海，饱了看海，难道不嫌单调吗？但子非鱼，安知鱼之乐？当你看到它们在海中游泳的敏捷姿态与在岸上的笨拙全然不同时，就会想，那就是造物主给它们的生存之乐。况且，它们还有延续生命的责任，它们留在岸上的幼雏每日不仅是在看海，还是在眼巴巴地看着它的父母，等待着父母从海里为它们带回食物。所以，企鹅是快乐的泳者，是负责的父母。

而同在海滩上的另一种南极动物，其动作神态则与企鹅大相径庭，这就是海狗，英文名叫皮毛海豹。正是因为这皮毛二字，它们曾经几乎被逐利的商人赶尽杀绝，好在人类最终还是决定要保护它们，现在它们的数量又相当可观了，并且似乎忘却了被人类屠杀的历史。企鹅和你接近时总是保持着绅士风度，而一些童心未泯的小海狗却总是围着你的腿转来转去，还虚张声势地向你龇牙咧嘴，发出威胁的声音，好像就要咬你一口，而当你发出呵斥之声，它们立刻就逃开了，真像一条夹着尾巴的狗。

南乔治亚，英国的南方边岛

从谷歌地图上看，南美大陆越向南伸延越细越尖，最后的尖角却是甩向东面；与南美洲尖角遥遥相对的南极半岛则是越向北伸延越尖，那细细的尾巴最后也是向东甩去，偏向东南。这两个大陆的尾巴尖共同指向近两千公里外南大西洋中的一个狭长岛屿，这就是南乔治亚。

最早发现这个岛的是英国的库克船长，1775 年他驾船接近这个之前无人知道的地方，岛上山峰积满冰雪令人望而生畏，他以为这就是南极了。但是当 1916 年另一名英国船长沙克尔顿从真正的南极地区乘一只救生艇跨过十七天狂风怒海到达南乔治亚岛时，这里对他来说简直就是满目青葱的热带天堂！

沙克尔顿的探险和救援故事是写在南乔治亚岛这张稿纸上的——

1914 年 12 月 5 日他率二十七名船员从南乔治亚岛出发前往南极，船名"坚忍号"。整个行动真的无愧于"坚忍"这个命名。当"坚忍号"于第二年初到达南极边缘后，就陷入冰川中动弹不得，在坚持了十个月后木船被冰坨压毁，其后沙船长和他的船员们在冰块上整整露营了五个月。当冰块漂浮到开放水域后，他们用弃船时抢救出的三艘救生艇经过七天生死旅程，航行到荒无人迹的象岛。考虑到留在大象岛依然是死路一条，1916 年 4 月 24 日沙克尔顿实施了一项看似不可能的自救行动：横渡一千三百海里的南极西风带到设在南乔治亚岛上的捕鲸站求救。当捕鲸站长看着几个更像野生动物的人形走到他面前，最前面一个开口说话："我是沙克尔顿！"时，站长认为那就是鬼魂，因为在岛上的人看来，离开南乔治亚岛两年不归的沙船长和他的船员们，无疑早已告别了人间。沙克尔顿借了船驶往象岛去救他的船员，当人影可辨时他便急着清点人数，从一一直数到二十三，他们居然全都在！

沙克尔顿的航行从探险角度来说可以说是彻底的失败，但从救援角度上来说却是无与伦比的成功。他用生命诠释了"坚忍"这个词，还有责任、诚信和信心。他把故事留在了南乔治亚，也把墓地留在了南乔治亚。

海钻石号从南极边缘驶往南乔治亚，航程也是一千三百海里，此时海上有一股强风暴袭来，船长为躲开风暴的风头让船绕行，尽管这样，我们还是经历了比经过德雷克海峡时更严重的晕船，但这比起沙船长的十七天生死航行就不算什么了。其间经过当年沙船长的船员们固守待援的象岛，从地图上看这个岛真的像一个大象的头，拖着一根长长的象鼻子。

我们到达南乔治亚的第一天，很幸运地在黄金港海滩成功登陆，和毛色艳丽体形硕大的王企鹅有了一次亲密接触。第二天因起了大风，上午船长把海钻石号开进昆伯兰湾避风，同时也是给我们一个看岛上巨大的陆地冰川的机会。昆伯兰湾中一个钻石般的地角叫爱德华国王角，面对地角右侧的莫雷纳湾，整个地被一片从岛上高山上滑移下来的冰川填满，在这里我们见识了冰川前端崩塌进海里的景观。从冰川另一侧沿岸上行不远，又一个小海湾叫爱德华七世湾，小海湾尽头就是整个岛上的行政中心格雷克维肯。下午风停，我们有幸可以登陆造访。这里说是南乔治亚的行政中心，其规模我看来也就是一个边防站吧，是依托曾经的鲸鱼加工厂而建的。岸上最显眼处是一艘废弃了的捕鲸船，捕鲸船后面是一个小小的博物馆和英国邮局，再后面还有一个当年为捕鲸人而建的小教堂。上帝保佑：这里曾经的兴盛的捕鲸业，已经成了历史。傍晚回船时，回望格雷克维肯，最后一缕夕阳正照亮着山坡上沙克尔顿墓地上的十字架。

航行与归航

我们乘坐的海钻石号离开了南乔治亚岛，我们的接触南极尾巴之旅，也到了收尾阶段，该踏上归程了。归程何处？不再是我们航程的出发地乌斯怀亚，而是数千公里外的布宜诺斯艾利斯。在地球表面，美洲大陆的尾巴火地岛和南极大陆的尾巴南极半岛都向西边甩出，在两个尾尖都甩出的方向，茫茫南大西洋中漂浮着一根羽毛，那就是南治亚岛。这片羽毛状的岛屿距火地岛和南极半岛的距离差不多长，大约一千三百海里。也就是说我们从火地岛到南极半岛，不算在岛屿与海湾间的曲折航线，已长达两千多海里。而从南乔治亚岛开回南美洲中下部的布宜诺斯艾利斯港，还有两千多海里的航程。在到达海岸之前的茫茫大海上，这航程已不再有某个旅游目的地，成了名副其实的归程。相对于前段时间每天殷切的期待和紧张的登陆与巡游，这为期三四天的归程忽然清闲了下来，就像一个忙碌的人一下子退休了，干点什么好呢？那就利用这清闲时光，根据航行日志来做一个回顾吧——

2015 年 3 月 3 日，航程于昨晚开始，这一天正通过德雷克海峡。

主要活动：由探险队长伍迪和队员提姆介绍南极登岛注意事项、如何维护生物安全和如何安全搭乘橡皮艇，并分发登岛用防水靴。

次要节目：放映纪录片《冰冻星球》《世界的尽头》。

3 月 4 日，靠近南设得兰群岛。船上讲座：鸟类学家克里斯介绍企鹅的自然历史及摄影讲座。

3 月 5 日，最紧张充实的一天，在库佛维尔岛、丹科岛和纳克港登陆并巡游三次。

库佛维尔岛 1897—1899 年间由比利时南极探险队长哥尔拉赫发现，以法国海军中将库佛维尔命名。小岛岩石遍布，三百米高的悬崖峭壁上长满苔藓。岛上有约五千只金图企鹅繁殖生长，这里也是观赏南方巨海燕、黑背鸥、南极燕鸥、南极血鸟和南极贼鸥的最佳地点。

丹科岛位于宜拉水道最南点，在它的高处可以欣赏剖川崩解入海的壮观景象。约有一千五百对金图企鹅在此栖居。这里曾是英国专做野外测量及地质研究的南极特服号考站，1959 年科考任务结束后关闭，2004 年迁离。

纳克港位于安沃特湾东岸，20 世纪初有鲸鱼浮动加工船纳克号在此活动并以此命名。这是南极大陆的登岛点之一，在安沃特湾山脊上可以欣赏冰山海湾的迷人风景。1950 年阿根廷在岛上曾建有避难小屋，但在 2010 年被风吹走了。

三次登陆和巡游分别进行于凌晨、中午和下午，而到傍晚，精力尚旺的船员和游客还进行了极区冰泳活动。虽然只是在严密保护下跳进零度左右的海水里扑腾几下就赶紧上来，但那也是在南极海域里游过泳了！

3 月 6 日，驶往乔治王岛，登陆长城站。长城站 1985 年建于乔治王岛南部凹处，是中国在南极地区的第一个科考站，距北京一万七千五百零二公里，等于地球周长的一半。

3 月 7 日，在南设得兰群岛和南极半岛间航行。行船期间海洋生物学家安妮进行关于南极海豹的讲座；历史学家约翰讲座的内容是：沙克尔顿乘坐"坚忍号"穿越南极的伟大探险。

3 月 8 日，驶向南乔治亚岛。行船期间海洋生物学家克里斯进行海底世界的各种声音的讲座；并有摄影家进行有关摄影的讲座。

3 月 9 日，船抵南乔治亚岛。上午预期登陆库伯湾因风大未果，只能沿岛岸航行，观赏风景。库伯湾 1775 年由库克船长发现，以一位英国海军军官之名命名。对当年的探险家来说，这是一个有绿意的避难所。在此生活的企鹅品种有：帽带、金图、马克罗尼和王企鹅。还有蓝眼鸬鹚来此觅食，象海豹在岸边晒懒洋洋的日光浴，乌色信天翁和白颊海燕也在湾口筑巢。

下午感谢上帝，天气条件允许，登陆了黄金港。这里位于乔治亚岛东南，海湾中有美丽的冰川，从陡直的悬崖伸延而下。黄金港的海滩是两万五千对王企鹅的家园，在海边、在草丛，随处可见。

3 月 10 日，巡游圣安德鲁斯湾，登陆格雷特维肯。

前者是岛上最大的王企鹅栖息地，超过十万对王企鹅在此生存。这片海湾同时也是岛上象海豹的最大栖息地之一，数量达六千头。而库克冰川的前沿也在这里直达海边，形成一座三十米高、五百米长的壮观冰山。格雷特维肯是挪威语：壶形的海湾。1904 年作为英国南大西洋捕鲸工业的仓库而设立，运行了六十年之久，在捕鲸全盛期有超过三百人在这里处理过五万四千头鲸鱼。幸亏人类大规模的捕鲸活动早已停止，否则我们就是在南极也别想看到鲸鱼的身影了。这里现在成为捕鲸工业的遗址，有一个博物馆、一个邮局和一个纪念品商店，因为是大英帝国属地，标价用的是英镑。

这一天是此行的最后一次登陆和巡游，至此完全成了在南乔治亚岛行程：先抵达岛最南端的库伯湾，沿岛北岸西行，经停黄金港、圣安德鲁斯湾、因风大游弋至斯托姆尼湾和幸运湾，但是并不能幸运地登陆；再折回来进入东昆伯兰湾，终于成功登陆格雷特维肯。

3 月 11 日，归航开始，经斯科蒂亚海向西南驶向南美洲大陆。

南大西洋上的星空

3 月 12 日，退去风暴的南大西洋开始变得平静而美丽。天气越来越暖，视野中的冰山也渐远渐少了。13 日午餐进行的是包饺子派对。到了傍晚，夕阳绚烂；天气已从南极的冰雪氛围进入南美的浪漫夏季，船上旅友们纷纷脱去冬衣换上夏装，前后甲板上顿时花团锦簇流光溢彩，如同走起了时装秀。14 日，航向直指布宜诺斯艾利斯。上午海洋生物学家克里斯讲座："分开的极地——世界尽头的两端有何不同?"下午船上举行了"向南极致敬及南极慈善拍卖活动"。在这个由探险队员们组织的拍卖会上，让人见识了中国游客的经济实力，也见识了竞拍者把金钱投向极地慈善与极地环保事业的爱心。一张信天翁的照片、一瓶万年冰块融成的南极水、一面在船头飘扬过又取下来的南极旗……都是些价值不高意义不低的小物件，起拍价一百美元，有的拍到两三百美元，有的拍到两三千美元。最昂贵的一件拍品是一张海图，图上标明了此次航行的每一段路线，作为这次南极行的最佳纪念品，最后竟拍到了八千美元。

3月15日，靠近布宜诺斯艾利斯了，海风柔和而温暖。探险队的专家在进行着最后的讲座："北欧和瑞典的南极探险——一个关于不幸和幸存的故事"；影片放映的是《北极巨大动物的争斗——北极熊和海象》，这是否暗示着，我们的下一个目标将是北极？下午茶时间，船长开了欢送酒会；晚餐则是船长的欢送宴会。

这一天的夜晚值得一记，四面无风，波平浪静，轮船虽在航行，却如静止在大洋之中。南极远了，大陆近了，或许是将要上岸的兴奋让人难以入眠，或许是今后难得再有这样南大西洋上宁静之夜，大家流连于宽绰的后甲板上，个个仰首观天，天上有什么？苍穹深黑，繁星万点，银河横流，如在额上。看着看着，便有一种无声的震撼与感动。凡是岁数上了几十的人，居于国内的城市，恐怕已经久违儿时夏天乘凉惯见的星空了。许多年来，给我留下深刻印象的星空记忆只有两次：一次是夜间到达丽江机场，出了航站楼夜行于高原的公路上，忽一抬头，星空竟在那里，多么熟悉却又多么陌生了！另一次是夜宿于新疆博斯腾湖畔，那时已过了旅游季节，整个湖畔只剩几个旅人。入夜，在完全不见灯火的湖畔仰望星空，同样是苍穹深黑，繁星万点，银河横流，如在额上。听着轻轻拍岸的湖水，一颗颗一组组数着、认着那些星星：银河两边，一边是梭状的星座代表织女，另一边是挑着担子怎么也赶不上的可怜牛郎，其间的迢迢河汉，不要说喜鹊搭桥，就是强悍的信天翁又怎能飞得过？还有横陈于头顶正中的猎户星座和那倾斜于北方的北斗七星，将那勺口两颗星连线的距离向前延伸五倍，就能找到那颗虽然不够明亮，但却是北半球的人们判断方向的准星北极星……但是此刻，身处南大西洋上，我们重逢了儿时熟稔的空星，然而这却是一个完全陌生的星空，因为这是在南半球啊，我们所熟悉的那些北半球的星座，许多正隐没在我们身下的波涛的另一边。那么，在这南半球的星空下，就让我们来认识一下此前从未亲眼见识过的星座吧，首先要认识的，当然是南十字星座！

南十字星座，在头顶星空的正南方。和北半球的北极星一样，它是南半球的水手们判断正南方的定位神针，它的亮度要超过北极星，呈十字架形状，很好辨认。如果是摄影高手，用一架好相机，甚至能把它清晰地拍摄到照片上。对于南半球的人来说，怎么估计这个星座的重要性都不为过，它不仅象征着方向，那十字架造型有着更丰富的象征性。澳大利亚、新西兰、巴西、巴布亚新几内亚等国，连国旗上都有南十字星座。写到这个星空下的难忘之夜，我觉得应该把那晚写的一首诗，《南大西洋上望星空》录在这里：

北半球的星空
画满中国人的想象：
北斗之柄
由太白金星执掌；
玉帝之女
隔迢迢星汉遥望牛郎！

南半球的星空
同样有天河横陈
却是不同的景象：
没有玉帝的天宫
穹窿是上帝的教堂
神圣的十字架
高悬南天之上。

此时仰望南十字星座
心中却系
北方星空的斗转星移；
不同的星空下
是被一环赤道即分且连的
地球之村。
南方人，北方人，
于浩渺宇宙中
只有这一个
微小的故乡！

哦，今夜，
南大西洋的海浪之上
轮船正在归航；
但在银河的波光之中
地球之舟
驶向何方？

追　往

永远留学

一

我写这篇东西，因为它是在我体内流淌着的一股悲痛的血液，只有割开血管把它放出来，负荷沉重的心脏才会感到稍微轻松一点。

从美国用指标买回的先锋音响沉默着。酷爱音乐的我这些天来只愿把自己沉浸在静默中，再优美的音乐也会划得心壁作痛。一个多月了，我一个音符也哼不出来，音乐之鸟不忍降落到伤心的树枝上来。现在，我要为我心爱的小弟弟唱挽歌了。

1994 年的 12 月 29 日，妻在圣诞节那天买回来的十枝黄玫瑰绽放到了最舒展的那个临界点上。黄玫瑰是象征幸福的花，可不幸偏偏在它把幸福的气氛散布得最浓烈的时候猝然来临，一个越洋电话，把我们的幸福击得粉碎！

海滨死了。死于意外的心脏停跳。死在他留学了八年的大洋彼岸。死在他以化学博士的学历刚刚取得教职并拥有了一个实验室的肯塔基大学的所在地列克星敦。死在了如花怒放的三十一岁上。就在前一天他下午刚刚开车从机场接回分别了半年的儿子艾伦和回国接儿子的弟妹。在把儿子送回国内的这半年里他们两口子想孩子常常想得掉眼泪，最后决定虽然忙，还是要把孩子带在自己身边。本来决定是由海滨自己回来带的，我们全家都很高兴，他已经六年没回来了。可是临行前却临时换成了弟妹，大概是因为他太忙，有太多的事要做，有一个二百多人的班要带，有一个新筹建的实验要管，还有一幢新买下的房子要准备搬家，而弟妹相对闲一些。我们虽然失望，却也能够理解，在那个国度里竞争激烈，要想做得出色就得全力以赴，想着他今年不回来，明年一定会回来的。知道妈妈要带他回美国去了，三岁的小艾伦特别高兴，他说："我又可以拥抱爸爸了！"他确实又拥抱到爸爸了。重新见到儿子的喜悦是可以想象的，爸爸给他喂了饭，给他洗了澡，大概还给他当了大马骑了几圈，最后高高兴兴地哄他睡了，自己也带着幸福和满足入睡了。但是他睡去了就再也没有醒来。等到弟妹发觉他的呼吸不对头，叫救护车送去医院抢救时，一切已经无可挽回了。他的死被证实的时候，在美国是凌晨，在这里是傍晚。

生是什么？睡和醒。死是什么？睡了不再醒。出生如一觉醒来，死去如睡去无梦。

在这些日子里，我每天睡前想的是，海滨就是这样睡去的，可一睡去就是永远。每天早上醒来想的第一个事实是，海滨再也不会醒来了，一种深深的悲哀便从心底里弥漫开来。怎能设想一个年轻而热情的生命一觉睡去就再也没有体温了呢！

海滨，你知道你的突然离去会给我们带来如此难以承受的痛苦吗？如果你知道那一觉睡去将不再醒来，恐怕你从此再也不会睡觉了。

二

"伤心"这个词以前多少次在嘴上不经意地说过，我把这个词用得太奢侈了，那时候哪里知道什么是真正的伤心！

多少次在笔下很轻松地就写下"心痛"这两个字，这次才知道心痛是什么感觉。忽然之间就失去了海滨，那是一把刀子生生地从你心里剜去了一块，你在惊惧的痉挛中一下子连血都流不出来！

这是一种什么样的悲痛啊，只有把心完全浸泡在悲痛里才会稍稍减轻一点悲痛，而任何试图摆脱悲痛的想法都会使你更加悲痛。命运的残酷就在于，一发生便无可改变，不给你任何征兆，也不给你任何挽回的机会，哪怕你想用自己的生命作为赌注去挽回。我们既然生了出来，就不得不面对死亡，包括那种因为降临的完全不是时候而显得极其荒诞的死亡。我小时候曾经有一段时间非常害怕死亡，当我自以为对死亡已经完全持有一种达观态度的时候，却没料到自己所爱的人的意外离去竟是如此的让人难以承受。

在死前几天，海滨打电话来，打到妈妈家时，我还在我家里；又打到我家里来时，我正好在去妈妈家的路上，没有接到这最后一个电话。他完全不知道死亡的阴影正移向他的头顶，越过大洋传来的声音还是那么轻松快乐，他问兰兰我是不是有什么新戏要排，家里过得怎么样，该有的电器之类是不是都有了。是的，家里该有的都已经有了，最不该没有的，却一下子就没有了！

无法排遣也无法描述的是失去海滨之后的那种失魂落魄的感觉，好像我的一部分生命也离我而去了。如果可能的话，我愿意从自己的生命中分出一半来给他。在他三十一年的生命中，他大部分的时间都是在不停地学习学习学习，小学六年中学六年大学四年留学八载，从南京铁小、南京铁中、上海复旦、美国俄亥俄州立大学到康奈尔大学，从学士硕士博士博士后一路读下来，总算读到了头，刚刚在肯塔基大学获得了教职并拥有了一个归他支配的实验室，却在成功地告别学业的同时也告别了生命。他的聪明才智真正到了可以放光发热的时候，却耀眼地一闪便随之熄灭了！他哪怕再有十年，甚至五年，也可以自立门户做出一番成就，使死亡对于他和我们不再是无可弥补的遗憾！

的确，人固有一死，关键只是个长短的问题。一个人活三十年六十年九十年是不一样的；一个有质量的人活得长久或短暂给人的感受就更不一样。在给海滨的时间问题上，死亡绝对是荒诞的！

三

和父亲一样，海滨是死于心脏意外地停跳。和父亲一样，海滨也是在熟睡中安然离去的。

父亲猝然去世时，我记得你像一只受惊的小兔子，躲在房间的一角，不敢哭也不敢动。那一年你刚十四岁，父亲走得对你来说是太早了。谁能想到你走得更早，在你的孩子还不到三岁的时候。问题都出在心脏上。心就像钟摆，它的内部机件不知卡在了哪里，它突然停下的那一刻就是生命的冰点。妈妈从美国回来说你的生命发条上得太紧，可你总是无所谓，自恃年轻，即便有什么不舒服也统统都当作有点累，休息一下就好了。我不知道你是不是真的感到很累，也许你的大脑从来不知疲倦，可不知不觉中心脏已经吃不消了。你的生命时钟是偶然失速停摆还是它的发条已经走到尽头了呢？解剖你心脏的美国大夫能帮我们回答这个问题吗？

但是你的心脏所经历的和父亲的心脏所经历的是大不相同的。

父亲的一生是坎坷的，可是你的一生却顺得不能再顺了，顺得从小学生到博士后仿佛不是在爬山而是在走平路，顺得有时候想要点坎坷来装饰生活都得不到。你曾经对好朋友感叹："我实在是太顺了，顺得都没有什么意思了。对那些不顺利的人来说，也顺得实在是不太好意思了！"你想得到的东西只要付出努力就必然能够如期得到。你的心灵不会有父亲曾经承受过的那么多曲折和痛苦。如果说过多的烦恼会把心脏挤破的话，过多的智慧的劳作也会吗？你们的心脏远不如你们的大脑强悍。

我们邓家的祖辈曾经有过一颗多么顽强的心脏啊！在曾祖辈上有一位姑奶奶，因为家族纠纷失手伤了别人的性命，她自愿以命相抵，让仇家用绳子勒死她，勒到没了心跳也没了活气，仇家罢了手，但她那颗心脏又从死亡的边缘跳了回来。从此以后她的嗓子被勒哑了，但心脏却一直在苦难的岁月里活泼泼地跳着。可是现在，你的生活和生存没有问题，爱情和事业没有问题，出问题的偏偏是心脏！或许我们现代人的心脏反倒承受不了那么多苦难、烦恼和智慧的重压？

四

1995 年 1 月 9 日，是海滨葬礼的日子。这一天肯塔基大学为他降半旗。在列克星顿这座大学城里，骄傲的星条旗为一个年轻的中国人而低垂。海滨到那里任教还不到半年时间，但好像人人都认识他，知道他了；因他出色的生而尊敬他，因他意外的死而痛惜他。赶去参加葬礼的海泓对这一点感慨很深。他的同学们也公认他是他们当中最出色的，在美国他们复旦同学会的三百个同学中，他是第一个进入学术界的。仅仅四个月的教学和领导实验室的工作，就使校方感到面貌一新、成绩斐然，发出由衷的赞赏。

海滨从来都是学校的骄子，是复旦大学的、俄亥俄州立大学的、康奈尔大学的，最后是肯塔基大学的。但他首先是南京铁中的骄子。

我们兄弟三人都是在铁中度过我们的中学时代的。我初中还没毕业就去当了兵；海泓初中毕业后父亲怕他日后被分配插队到遥远而陌生的地方去，主动安排他回老家的工厂里去学技术。因为时代的原因，我们都过早地离开了学校。海滨比我们幸运，在他上学的时代人们不再鄙视知识，国家也开始意识到了教育的重要，他得以在他喜欢的学习道路上一直走下去，一直走到生命的尽头。我想母校的老师提起我和海泓，会认为还是不错的学生；但只要提起邓海滨，他们毫无疑问地都会承认他是铁中有史以来最最杰出、最为之骄傲的一个学生。直到现在，每当他们鼓励学生要努力上进时；每当他们为学生不用功而操心时；每当他们为社会上学校里铜臭日重而学风渐薄所担忧时；每当他们回顾学校的光荣历史时，都会自然而然地想起那总是面带微笑、右脸颊上有着一块红记的学生邓海滨。同时感叹再也没有那样的学生了！

是的，老师还是那么一批老师，还是那么尽心尽力地在教着，希望学生们一个个都能有大出息，但是像邓海滨这样的学生在铁中从此再也没有出现。

平心而论，我们的母校铁中在南京是一所不太有名的中学，但是那一年的铁中高考的盛况是空前绝后的，占尽风流，高考率不但在自己学校的历史上是前所未有的辉煌，而且远远超过了许多平常比它出名得多的学校。这在铁中的历史上是从来没有过的。尤其令老师们振奋的是邓海滨以南京市第二名的佳绩载入了铁中的史册，也从此成为一个学校最高水准的标高。

铁中所有的灵秀之气俊美之才似乎都在那一年展露了出来，或许是那一年的花开得太繁茂太耀眼太猛烈了，后来再也没有过那样的花季！

海滨去世以后我去看望他当年的班主任程老师，她含着泪说出那句话："再也没有像他那样的学生了！"说完便双泪长流。

五

程老师接管海滨他们这个班时，海滨还戴着黑纱，父亲去世对一个十四岁孩子心理上的挫伤仿佛能从他的目光里透露出来，这是他和其他孩子的明显不同之处。正是这个戴黑纱的学生，后来给老师留下了极为深刻的印象。

我到程老师家去，是想了解一下海滨上中学时的情况。人往往是这样的，许多人在世时并不在意的事情，在他离去后才显得加倍珍惜起来。在这之前，海滨远在大洋彼岸，一年的联系也就是几封信、几张照片和几次电话。在忙于自己的这一摊子事时，就像专注于要在一个角上努力做活的棋手，知道在棋盘遥远的另一个角上有一粒棋子下在那里，心里是踏实的，因为那颗棋子完全可以让人放心。可是一旦失去那粒棋子，生活这盘棋就一下子全部倾覆翻倒了。于是想重温关于那粒棋子的一切。

程老师说："海滨这个学生实在是太认真、太刻苦、太自觉也太懂事了！我以前没有碰到过这样的学生，以后恐怕也难以遇到了。"说完长叹不已。我理解老师的这种叹息。一个学生遇到一个好老师是他的福分；一个老师遇到一个好学生也是他的造化，毕竟老师的价值，是要通过学生体现出来的。如果学生冥顽不灵，老师再倾注心血又能怎样呢？

铁中的教学水平显然不能和南师附中这样的名牌中学比，所以程老师带海滨去考科技大少年班时，结果是大败而回。在回来的路上海滨不得不承认差距太大了，问程老师："我怎么才能学得多一点快一点呢？"老师说除了加倍用功没有别的办法。如果学校的课程你吃不饱的话，你可以去买那一套青少年数理化自学丛书，有看不懂的问题可以来问我。从此海滨便开始了学习上的突飞猛进，提出的问题常常让老师当场无法回答，只有回家去查书，连夜搞清楚了第二天再来回答学生。程老师说："我带海滨他们这一届学生使我自己也提高了一大截，不是你老师带他们向前走，而是他们逼着你、催着你、赶着你向前走！"海滨的作业从来整洁准确得老师几乎挑不出毛病，偶尔挑出半个一个来，他都会不好意思地用手拍拍脑袋，由衷地对老师说谢谢！铁中有一位教化学的黄老师，以教学好出名同时也以脾气大出名，没有哪个学生敢轻易向他提问，提了他便白眼相向，因为答案他早已教给你了，你没记住说明你不用功。但只有邓海滨和另一个叫李荣玉的同学提出问题来他不得不认真对付，一点儿也不敢马虎。对这两个学生这位生性骄傲的老师不得不另眼相看。老师和学生的关系有时候就像一对棋手，能够逼得老师长考的学生才是真正的好学生。

六

一个活着的海滨已经无可挽回地从这个世界上离去了。为了悼念他，我和他的老师同学们走到了一起。一个强烈的感觉是：一个不死的海滨从他的老师和同学们的回忆中十分亲切地向我走来，有一些关于他的事是我这个当哥哥的原来并不知道的。程老师讲的一件事使我深为感动。

那时候海滨已经是全校师生公认的最好的学生了，有一次却为了一位同学的喇叭裤在学校大门口和教导主任吵得不可开交。我们曾经有过一个鄙视喇叭裤的时代，铁中那时候也规定了凡穿喇叭裤者不许进校门。和海滨一同上学的同学吴洁穿着一条喇叭裤去上学，教导主任守在校门口不让他进去，于是冲突发生了。教导主任显然没想到被视为全校学习模范的邓海滨会和他当众争吵，面红耳赤地大声质问他穿喇叭裤为什么就不许进校门，非要他讲出个让人信服的理由来不可，否则不让一个学生进校门就完全没有道理！教导主任坚持要吴洁回家换一条裤子再来上学。海滨说他回去换了还是喇叭裤，他从小父亲就死了，他的裤子全是他在香港的姑妈寄来的，没有不喇叭的，你能因为这个就剥夺他上学的权利吗！教导主任气得让人去把海滨的班主任程老师找来，指着仍在跟他大吵的海滨道："你看看，这就是你最得意的学生吗！这就是全校最好的学生吗！"程老师只好请他冷静，说这件事情让她来处理。后来那一年评三好生，教导主任坚持不肯给他，是程老师据理力争才得以评上。

也许是因为家住楼上楼下，也许是因为从小学到高中每天都一同上学放学，也许是因为都失去了父亲，海滨和吴洁成了最要好的朋友。

高中毕业后，海滨上了大学，吴洁移居香港，但他们一直保持着密切的联系。1988年海滨回国探亲，吴洁也专门从香港赶回来看他。海滨突然去世，最伤心的除了我们这些亲人，恐怕就是吴洁了，他们从心里是互相把对方看成兄弟的。吴洁告诉我他离家赴港时最难过的就是和海滨的告别，但那次只是生离，这回却成了永诀！本来海滨已约好了请吴洁去美国看他，吴洁如约赶去，却只能参加他的葬礼了。他的泪洒满了海滨的墓地。

海滨死去的那一天恰好是吴洁的生日。海滨，你是为了让最好的朋友在每个生日都纪念你的离去吗？

七

不知道死亡是不是一种定数？

海滨是死在他最好朋友的生日，死在他本来说好了要回来探亲的那个月份，死在他把妻子孩子接回家了的当天夜里，死在他们新买的房子就要正式签约的那一天的凌晨。如果早一天，谭建和艾伦到达机场就不会有人来接，而海滨也将一个人躺在家里无人知道。如果晚一天，房约签下便开始生效，那么谭建就将在海滨离去后独自承担起房子的债务，而她一个人带个孩子也不可能再去住那座有四个卧室的房子。

海滨死前的那些天一直在为刚刚进入他的实验室的几个中国学生

忙，开着车带他们找房子，安排生活和工作，忙得不可开交。他的工资是这样拿的：由校方支付九个月，另外三个月的工资由他自己从实验室的研究经费中提取。但海滨觉得自己有九个月的工资已经足够，主动把那笔本该由他提取的钱分给在他手下工作的几个研究生作为收入，因为他知道在美国当学生的艰难。在他实验室里工作的不仅有中国的学生也有美国的学生，他的学生们对这位年轻导师的学识和人品都赞不绝口，十分庆幸得到了一位良师益友。谁能知道只短短几个月的相处，庆幸便成为痛惜！他们的导师因他的突然离去而成了空缺。我想海滨如果在天有灵，也会对这一点很不安的。死神轻易就摧毁了一个人倾注全部心血所建筑起的宫殿。

尽管明知道事实已无法改变，我们还是一遍又一遍地设想：如果海滨按原计划回来了，不幸的事件或许就不会发生。在海滨接受了肯塔基大学的聘书之后，香港大学的聘书也到了。海滨从心里是更愿意到香港去的，因为他最好的朋友在那里，那里也离亲人们更近一些。但海滨是一个十分认真的人，既已接受了肯塔基的聘书，就不好再反悔。如果他到了香港，环境变了，地点变了，生活起居的方式变了，那不幸的事也许就不会发生。可是死神不会再给你一次选择的机会了。

他的微笑静止在了三十一岁上。我们都将老去，而他不会了。

就在他离去的第三天，元旦，妈妈收到了他生前发出的贺卡，写着："亲爱的妈妈，祝你新年愉快！"里面夹着二百美元的一张支票。因为接到了这张贺卡，虽然许久没有接到海滨的电话，她也绝没想到她最心爱的小儿子已经不在了。我们瞒她一直瞒了一个多月，直到实在瞒不下去了才让她知道。我们承担着两份伤心：兄弟的和母亲的！母亲知道了以后也承担着两份伤心：自己的和儿子的！

人对于命运是无理可讲的，否则的话，对于一个中年丧夫，辛辛苦苦地养育了三个都很出息的儿子的母亲来说，这样的遭遇是太不公平了！

<h1 style="text-align:center">八</h1>

　　在得到海滨死讯的那个夜里，开始我无法入睡；但当悲伤把精力摧垮了之后，便不断地做梦。在梦里哭醒，又在悲恸中昏昏睡去。但做的全是关于父亲死去的梦。海滨，即便已知道你不在了，梦里仍不承认你的死亡，昏睡中仍想不到你已死了。

　　在父亲去世后相当长的一段时间里，他从来也没有在我的梦里出现过。过了好多年，直到我自己也当了父亲，并且在回忆中不断加深地理解了父亲之后，他才不时地在梦里回到我们的生活中来。每次梦到他都是他并没有死去，而只是被关押在一个偏僻、遥远、不为人知的地方，连他们的活着也不为人知，所以亲人们只能认为他们已经死了。在经历了千辛万苦千难万险之后，他终于回到了我们身边。他的死亡在梦里是不真实的。在梦里真实的只是他所受到的心灵的摧残。

　　父亲的死是我目睹的，在潜意识里尚且不愿承认，所以总做他并没有死的梦；而海滨的死我并没有看见，没有看见的东西是不真实的，所以在我的心灵深处，始终在强烈地拒绝他的死亡。一个刚刚三十一岁的充满了活力的生命怎么可能一觉睡去了就不再醒来了呢？他大概太疲劳，他只是睡了，他会醒的！

　　海滨，你会到梦里来和我们相见吗？你会到梦里来对我们说你在大洋彼岸的生活和事业，计划和希望吗？人如果真有灵魂，那么肉体的消失也就不是那么太令人悲伤了！

　　人生如梦；梦也如人生。区别仅在于梦是经不起推敲的，其实有一些人生也经不起推敲，经得起推敲的才是真正的人生。海滨的人生严谨精密得就像他的博士论文。梦有许多种，人生也有许多种。有的人是为了感官的愉悦而生的；有的人只是为了最基本的存活而生的；有的人是为了诗意和美感而生的；有的人是为了严谨的理性而生的。在海滨的性情里很有一些诗意的东西，但他还是把整个生命都投入了对科学的追求。

哈姆雷特曾经问过那个问题：人死去以后会做梦吗？如果会的话，海滨，你将梦到些什么呢？是你的那些化学分子结构？还是我们童年时的家，那已经被铲去了的小山，现在已经乌黑而当年可以游泳的护城河，还有狮子山的背后（那里对儿时的你一直是一个神秘的地方，你还要我和海泓带你到那里去吗？），我们在河边看人钓鱼、摸鱼，用滑盘刮鱼，你像一只小鸭子一样摇摇摆摆地跟在我们身后。

多么希望有一天海滨会像梦里复活的父亲一样，敲开门回到家里，微笑着对我们说："我真想家，我回来了！关于我死的事情不过是一个命运的恶作剧而已。"是的，他并没有死，只是永远留学在大洋彼岸。

九

海泓从美国回来，带回了你的一半骨灰和你在列克星敦的墓地的照片。你一半留在了那里，是为了陪伴在美国的妻子和孩子；你一半回到了故乡，是为了安慰我们的心灵。

照片上你的长眠之所是一处非常美丽的墓园，中央有雕像和喷泉，边缘是树林和湖水，到了春天天鹅和其他鸟儿会成群飞来，用天国的语言为你们歌唱。你和其他的逝者就安卧在平坦的绿草地上。互相之间的距离既不遥远也绝不拥挤。你们的墓碑是铜的，不像传统的基督教墓碑那样矗立着，而是平躺在芳草之上，墓碑上还铸着一个花瓶，以便插入鲜花。海泓临回国之前去向你告别时，白雪覆盖着大地，他和谭建在你墓碑上的花瓶里插上了一束粉红的花，不知道是不是梅花，在一片银白的世界里开得格外耀眼，美丽得令人伤心！

海滨，你是回来了，但是在这里我们能为你找到一块让你也让我们满意的墓地吗？

父亲的死令我们伤心，父亲的墓地也同样令我们伤心。程老师记得你上中学时每年清明都要向她请假去给父亲扫墓，但我想每次扫墓的记忆都是不愉快的。父亲的墓远在郊外，说是公墓，却似乎是被当地农民承包的，每年前去都会碰到"坟亲家"横眉立锹候在那里，明明是水泥墓，却非要给你挖坟帽子不可，目的当然是要钱，而且索要的数目逐年上升，有时候近乎成了敲诈勒索。挖一锹土，要钱；找一群孩子给你坟上撒一把草，要钱；弄来两条柳枝往你坟边一插，还是要钱。你放上鲜花，一转身便被拿走；你放上供品，还没转身便被抢光。我们曾在父亲墓前种过两棵雪松、两株龙柏和一棵香樟，结果全部被挖走，最后只好种上两棵和其他人一样的侧柏，才勉强留了下来。扫墓者的哀思每年都被那些贪欲撕扯得支离破碎！我们实在不想把你埋在那样的地方，希望能找一块风景优美的地方为你种一棵树，让你通过这种方式回归大自然，让你的灵魂变成枝叶，在风中舞蹈，雨中歌唱。

在爸爸长眠的那一片墓地，有一方小小的墓碑，没有水泥做的墓体，只有那么一小方墓碑，朴实得近乎粗糙，一半埋在土里，露在地面上的部分只有一尺来高。那是一块最令我感动的墓碑，上面只刻了五个字："小云，安息吧。"我不知道小云是谁，多大年纪，何时出生，何故死去，但我知道为她立碑的那个人一定非常爱她，为了她的死非常悲伤。在那五个字后面一定有着一段凄丽哀婉的故事。每次我去为父亲扫墓都想找到它，但是它已隐在墓群之中再也找不到了。在人间被剪断了的那一片情愫，会在墓地里消失吗？

十

海滨从海南岛带回来的珊瑚在优美地伸展着。那是他那年作为上海市的三好生得到奖励在暑期到海南和桂林去度夏令营时给我带回来的，我却把这件礼物忘了，一直放在存杂物的矮柜里，直到他不在了才想起它来。我到程老师家去，看见她的茶几上有一块珊瑚，那也是海滨送的。她当时说那么重的东西你背它干吗？海滨笑笑说，留个纪念吧。那是他非常愉快的一次远行，回来以后，很明显的，胸中好像有了大东海的气度，眉宇间也多了漓江的秀色。

我想认识海滨的人只要想起他来，脑中浮现出的必然是他那温文尔雅的微笑，那微微扬起的嘴角。海滨的离去，使朋友们最为感慨的就是他的近乎完美的性格。他们想不通一个如此聪明、如此好脾气、如此知道体贴别人的人，怎么会如此突然地就离去了，一声招呼也不打。他们恨命运的不公，说是人太好遭天妒了；他们为了安慰自己，又只能说因为他人太好，所以上帝要提前把他招去天国。越是高贵的生命，污浊的社会就越容易消灭它；越是高贵的生命，无常的命运也越容易折断它么？

海滨离去以后他的好朋友高旗告诉我，他上学时总是去查她不认识的每一个生字，所以他认识的字永远比她多。她说他小时候作为一个好孩子的典型，心里有时候其实是很羡慕那些所谓的坏孩子的，因为他们活得放松，想怎么做都可以。而对他来说，很多事是不能做的，因为他为别人着想往往超过为自己。海滨性格的温文尔雅几乎到了没有棱角的程度。人们在相处中总不免要被别人性格的棱角硌伤硌痛起码也硌得有点不舒服；海滨自然也受过别人的硌，包括我的坏脾气。但记忆中的海滨好像从来没有用他的脾气去硌过别人。除了他的聪明和认真，这恐怕是他最大的优点了。他并非没有锋芒，只是他的锋芒全都用到学习上去了，从不用来对付人。他上中学时，班上最文气的孩子是他的好朋友；最野的孩子也是他的好朋友。在高中的最后一个阶段，程老师对他说，你可以不用来上课了，你的程度已经远远超出了现在所教的水平。他笑笑说，我还是来吧，一是不要让别人说闲话，二也是给其他同学做个榜样。海滨也绝不是一个书呆子，围棋、球类、写诗等都是他的爱好。每当我写出一首好诗，他都会一只手拍着脑袋由衷地赞美，说你是怎么想得出来的！

如果有前生的话，我想海滨是个好孩子；如果有来世的话，我想海滨也一定是个好孩子，永远是一个好孩子，好心肠、好脾气、好脑瓜。为什么有那么多杰出的人在年纪轻轻时就骤然离去呢？是因为他们活得太短了上帝才让他们的生命光华四射吗？如果是这样的话，他们比起漫长而暗淡的生命还是幸运的！

十一

往事像湖水一样覆盖在我的头顶，我沉浸其中，浮不出它的水面，它压抑而温暖，还是躲在水中吧，受伤的心若暴露在晴朗的空气中或许会更加痛苦。在这片水面之上是一双永远清澈而温和的目光。清澈是因为智慧；温和是因为宽容。

亲人和朋友们最为难过的不仅是一个年轻生命的离去，还有一个完美个性的离去。但死神是一个瞎子，他的镰刀碰上谁就是谁，从不管该不该。

死在前面的人是幸运的，他不用忍受亲人离去的痛苦。而我们却不得不面对它、承受它！有这样一句名言：苦难是人生的财富。是的，自己生的病，自己受的难，自己碰上的挫折，都可能成为自己生活的财富。而失去手足的痛苦，甚至是失去自己另一半大脑和生命的痛苦，只能是痛！只能是苦！也许随着时间的推移，它会有所减弱，有所消弭，但它始终是灵魂深处一块无法完全愈合的创伤，就像海滨耳前的那块红记，不在意的时候也许会忘记它的存在，但它不会褪色。海滨的红记已经从我们这个现存的世界上消失了，在照片上，甚至在彩照上，也不容易看出他脸上有那么一块比普通皮肤血管更丰富的地方；但是我的心脏上、脑海里，却多了一块红记，直到我的心脏不能再跳动，大脑不能再思想的时候。

存在是一件很奇怪的事，我思故我在，人类的思考对世界的存在是极为重要的。没有了人的思考，我们从何感觉这个世界呢？可是昨天还和我一同思考着感觉着这个世界的兄弟今天已经不在了，少了一个人的思考，特别是少了一个以思考作为生存方式的人的思考，这世界是不是也少了一部分呢？我感知这世界是因为我活着，我死去这世界也就消失了。但我感知这世界的方式和海滨是一样的，这世界依然存在，海滨却从此消失了。时间可以像书一样去读，却不能像书一样去翻动。我们无法把时间向前翻，固定在他还存在的日子里；也无法把时间向后翻，翻到我们都不存在的岁月中。我们的生命被裹在时间里，无法脱开它独行。存在和不存在的界限究竟在哪里？

为了安慰自己的心灵，我想，有生必有死，对宇宙来说，三十年和一个世纪究竟有多少差别？但是永恒和无限对人其实是没有意义的。生存的意义只在于有限的时空之中。什么是永恒？永恒就是没有；什么是无限？无限就是无法触及。任何存在都只是须臾；对存在者来说却是永恒。人可以笑话蚍蜉的短暂和渺小吗？那么谁又来笑话人类的短暂和渺小呢？一个人生前是永恒，死后又是永恒，生命只是击破永恒之夜的一道闪电，然后又归于永恒的黑暗。区别只在于这道闪电的亮度。

什么时候我们的心才能真正地平静下来？只有到那一天，当时间把撕裂的巨痛一点一点地酿化成温馨的记忆。

青春诗痕

12 月 29 日，天下着雨。我的小弟弟海滨，是三年前的这一天，在大洋彼岸猝然离去的。三年的时间，已把当时那种剜心割肉的锐利疼痛磨成了一块浑圆的伤感，像一块被体热温暖着的玉石，隐在我的情感深处。我的案头放着他年轻时写下的一些诗，是我在他的遗物中找到的，珍惜地保存着，却不敢轻易去触碰。现在我面对这些诗，在缅怀一个善良而聪慧的生命。

我和海滨的感情，不仅是一个大哥和一个小弟弟的手足之情，还有一个诗人和一个诗歌爱好者的心灵交流。我写诗的那些年，正是他上高中和大学的时候，那是一个最容易被诗情撩动的年纪。我想，他是为有我这么一个诗人大哥而深感自豪的；而我也为有一个热爱诗的小弟弟而感到欣慰。还没上大学时，功课之余，他常常站在我的写字台前，问我一些有关诗歌的问题。每当我有写诗的朋友到家里来高谈阔论的时候，他总是很感兴趣地在一边听着，一边默默地从这些谈论中汲取着营养。上了大学以后，他成了复旦诗社的成员。每次放假回来，他都会带回一些诗社的刊物来给我看，和我探讨。我到复旦大学去看他的时候，他也带我去拜访过他在诗社里的朋友。当然，像许多在那个年纪对诗歌一往情深的青年人一样，他最终并没有成为一个诗人，但是诗歌却在他年轻的生命里留下了美丽的印痕。他研究的是物理化学，他在这一个领域里从学士、硕士、博士，一直读到了博士后；他的博士导师是诺贝尔化学奖的获得者；他凭着自己的聪明和勤奋已在美国肯塔基大学开始领到一个实验室。他去世以后，我从美国要回了一本他的博士论文作为纪念物，但是我却读不懂那本厚厚的"天书"。我能读懂的，只是他上大学期间留下的这些诗。单从诗的意义上来说，这些诗也许并不十分出色，有的甚至还很幼稚，但是它们无一例外的都是非常的纯真，有一种水晶的透明。在读着它们的时候，海滨那已经逝去的生命，在我的记忆中又活了起来。海滨的生日是 7 月 23 日，在大学里应该已是暑假的假期了，他二十岁的生日是在家里过的还是在学校过的已经记不清了，但是他二十岁生日时的那种心情，我现在却可以触摸得到：

　　失去了，属于过去的纯真＼还未降临的，是四十岁的坚忍＼和六十岁的沉稳＼我站在这样的节点上＼只拥有思维、青春和幻想的梦＼我贫乏，一张白纸还没有图画＼我渴望创造，哪怕前方是无尽的荒漠＼……如果生活失去了慰藉＼那也只能钻进树林，带上一根绳索＼如果生活只有枯燥的思维＼那还需要什么立体声音响和时装舞步？＼我躺在散发着阳光香味的草坪上＼向夕阳那只疲惫的大眼睛道晚安＼我爱和朋友们到南京路上胡逛＼在人流中观察人脸的花样＼我要拿着张十元的票子＼到红房子去＼喝两杯啤酒，大哭一场……我有莫名的忧伤＼让忧伤化为眼睛中的晴朗吧＼我要面对莫测的命运＼在不和谐中敲出优美的谐音＼我惊异于自己的形象陡然长大＼成熟的思想开始萌发＼生命的年轮一圈圈扩展＼载着绿色的希望旅行＼让太阳来给我加冕吧＼宇宙间又多了颗二十岁的行星！

二十岁是一个人成人的年纪，二十岁又是一个并不成熟的年纪，青春的不安和对成熟的向往交织在一起。他想到了他自己四十岁的坚忍和六十岁的沉稳，想到了命运可能是莫测的，却无论如何也想不到自己只有短短的三十一年生命，命运有时就是如此的无理！但是他二十岁之后的那十一年，是极有质量的十一年，完全当得起太阳的加冕。只是，他为了显示成熟而写下的那句："失去了，属于过去的纯真"并不确切，我觉得他从未失去过纯真。他写眼睛："没有一丝纤尘＼像万里无云的蓝天＼没有惊恐的悸动＼像无风的早晨，花朵上的清露＼没有困惑的游丝＼比天然水晶更纯＼黑色的瞳孔＼映照的是光明。"海滨的眼睛，就是这样的。

用这样的眼睛看人，他的目光是温暖的——

在汽车站，细雨纷纷飘坠＼年轻的母亲抱着女儿＼用头巾遮掩微寒＼多么可爱的孩子呀＼我要为你打一把伞＼母亲微笑了，不是感谢而是宽慰的笑＼更使我舒坦＼尽管一只只冰冷的小虫爬进我的背脊＼尽管汽车还没踪影，人流向车站汇聚＼我还是要打一把伞＼保护女孩漂亮的新衣＼小姑娘好奇地问我是谁？＼我说我是比你大的小孩＼我的童年有许多风雨＼我知道潮湿和寒冷的滋味＼所以也知道像你这样的孩子应该得到多一点的爱＼我为你打一把伞＼因为我也曾是一个小孩＼汽车来了，大家一哄而上＼将母亲和孩子挤在一边＼人们都想早点回到温暖的家＼但是不要忘了啊＼在那个高度压缩的车厢里＼为母亲和孩子留一块＼可以安坐的空间

他也用这样的目光在季节的变换中捕捉着诗意——

大路边站立着的梧桐树 \ 枝上悬着栗色的果 \ 冬天将树叶收容了去 \ 果子在寒风中战栗哆嗦 \ 人们称你是悬铃木 \ 悬着这许多小铃却发不出声音 \ 人们都以为你很孤独 \ 从不向鸟儿打一声招呼 \ 是不是要等到春天将绿色还给你? \ 是不是要等到绿叶布满了天空? \ 这些铃子才会跳起舞来 \ 把绿色的音符撒向流动的大路

他还用这样的目光在看着他正在学习着的那个物理的世界——

也许,太阳系也是一个原子 \ 在那个未知的世界中 \ 它的序数是第九; \ 也许,电子上也匍匐着生命 \ 像人类一般辛勤地劳作 \ 同样探索着奥秘的宇宙; \ 也许,它们十分自豪地认为 \ 那电子就是它们的地球 \ 也许,它们的生命转瞬凋零 \ 却认为活到了百岁高龄; \ 也许电子世界里战争频频 \ 扰乱了电子的正常运行 \ 这才导致创立了量化学 \ 费煞了科学家的苦心。

海滨是一个非常用功的学生,在我们兄弟三人都读过书的铁路中学,他的成绩是这所学校有史以来最好的,至今也没有人能够超过。高中毕业时他以南京市第二名的高考成绩进入了他所向往的复旦大学,这所名牌大学对于一个孜孜学子的重要意义,也写进了他的诗里:

复旦,我生命的又一个早晨 \ 复旦,我思想飞翔的空间。\ 躺在绿茵上,灵魂跳着轻松的舞 \ 跑在球场上,四肢唱着快乐的歌 \ 坐在教室里,笔和大脑一同长征 \ 即使卧在寝室的双层床上 \ 思想又何尝蜷伏! \ 当太阳像一颗玛瑙,升起在窗口的时候＼当饭盆和勺子碰在一起，跳出几个音符的时候＼当迎着一个个微笑，走在校园里的时候＼当晚自修结束，向着月光，张开疲乏的双臂的时候＼我的身心却同时充满着＼阳光的明媚和月光的朦胧……＼啊复旦，我灵魂漫步的花园＼啊复旦，我生命的又一个春天！

当然，大学生活不仅仅是诗意的浪漫，也有着生活的杂乱。从《寝室素描》里，我又看到了他那种温和的幽默感——

一大早＼太阳照到＼屁股上＼寝室里面＼真热闹＼有人高唱＼国际歌＼有人高呼＼就义口号＼有人放肆大叫：上帝＼像只鸟＼有人哼哼哈哈：让我们在床上＼做操＼被窝像蚕茧＼里面卧着＼蚕宝宝＼枕头巾＼干净得＼可以拿去＼炸油条！＼热水瓶＼像雨后春笋＼四处生根＼毛巾和脚布＼亲密无间地＼挂一道＼上面滴水＼下面示威＼楼上小孩别撒尿＼话音未落＼随手又把＼洗脸水＼高屋建瓴＼向下倒……他写这打油诗显然不是为了发表，而是顺手给校园里的某种生活场景画了一幅素描，为的是："奉劝大家＼用文明的扫帚＼把脏东西＼扫一扫！"

读到这里，我开颜笑了。但是读到另一首《无题》时，我的心却不由得收紧起来——

我并不渴求更多的友谊＼也不幻想恼人的爱情＼只要有一两个莫逆的朋友＼——不多，哪怕只有一个＼我也由衷地感谢上帝！＼我还觊觎那丙等的助学金＼钞票在我手头稍有宽裕＼

不至于老是让我难堪 \ 在皮鞋饭票和《泰戈尔诗选》间 \ 失去了果断，再三犹豫 \ 要是有辆自行车就更好 \ ——不必是崭新的坐骑 \ 只要是能充做代步工具 \ 去电影院该方便多了 \ 别人借用也会爽快地同意 \ 可是生活对我过于严厉 \ 我将继续抵御 \ 孤独、拮据和疲惫的袭击……

　　读这首诗时的难过与遗憾是难以言喻的，因为父亲过早地去世。那时候我们家的经济状况不很宽裕，我可以想象得到一个懂事的孩子为了不加重家庭的负担而独自忍受着经济拮据的那种心理状态。那时候我已经工作了，还有一点稿费的收入，不时也会给他一些钱；他当时为什么没有向我表露他的窘境？而我当时为什么没有能给他更多一点帮助呢？从那句"别人借用也会爽快地同意"来看，显然是在借车骑遭到拒绝之后的有感而发。后来家里为他买了一辆自行车托运去了上海，但是他毕竟已一个人独自度过了一段经济上较为艰难的时光。他没有把这艰难告诉我们，却把它写进了并不准备发表的诗里。

　　但是他在复旦的生活毕竟还是充实而愉快的。最愉快的时候，我想莫过于那一年作为上海市三好生的代表参加夏令营去桂林和海南岛，那是他学生时代的一次重要经历。回来的时候，他给我从海南岛带回了一枝漂亮的白珊瑚，给我看他们一路拍的照片，和我大谈三亚的大东海海滩是如何令人心旷神怡。等我好多年以后也站在大东海的海滩上，想着那一个夏天海滨曾在这里，敞开他年轻的胸怀尽情地呼吸过海风时，他的生命已经消逝在大洋的另一边了。我想，在这海滩上他一定也吟咏过诗句的，但是我现在看到的，却是另一首，也是在那个夏令营里写的：《飞过桂林上空》——

　　一位朋友曾把心遗失在桂林 \ 我答应他到那里将它找回 \

148

而今我有幸来到红豆的故乡 \ 却没有来得及扣仙境的门扉 \ 机舱中我正惭愧对朋友爽约 \ 自己的心竟也跳出去不翼而飞 \ 我捂着胸膛急忙从云端下望 \ 两颗心在漓江正欢畅地击水！

以自己的努力赢得了荣誉，尽情地感受着祖国山河的大好风光，这首诗把他当时那种青春得意的心情写得淋漓而透彻。年轻人总是爱玩的，看这一首——

天马山在什么地方？ \ 我们到处寻找 \ 只有一座斑驳的塔 \ 比比萨斜塔还要斜 \ 为什么用围墙圈着 \ 不让我们去做一次伽利略？ \ 不让做伽利略就不做吧 \ 我们来做自己的午餐 \ 捡柴火，搭起炉灶 \ 烧一个甜甜的苹果羹 \ 那位女同胞笑得像苹果 \ 别站着不动，有吃的出吃的，没吃的出力气 \ 面包、红肠、午餐肉和汽水 \ 为了照顾女士 \ 再奉献出各自的妙语和欢笑 \ 在天马行空的地方 \ 我们也要遨游一番！

天马山在哪里？我不知道。但是我知道有一次海滨和一群男女同学骑车去六合县的桂子山石林玩，大夏天的几十公里路程，对于十七八岁的少男少女来说是很不轻松的，而且有一段路车子没法骑，只能扛着自行车前进。但是他们最终还是打听着路骑到了他们要去的地方，看到了那些无数万年前由火山爆发所形成的神奇石柱林。回来时他们带着白天几乎被太阳晒卷的皮，快到半夜才到家。但是我从他们疲惫不堪的脸上可以看出来，他们的心里是极愉快的。这种愉快，在他们那么大和我们像他们那么大时，更多地留在了记忆里中山陵前那条高树夹道的大路上，一群年轻人骑在车上顺坡而下，铃声大作，笑声大作，争先恐后，你追我赶……年轻人朦胧的爱情，大概也就是在那个时候开始萌发

149

的吧？——

初恋的娇羞像细雨空蒙的湖面＼升腾的雾气笼罩着我笼罩
着你笼罩着你我的雨伞＼雨啊雨啊你也是在向大地诉说情话
吧＼情丝绵绵，浮想翩翩我看到一朵雨中的睡莲＼我说，让我
握一握你的手吧＼你含羞一笑，把手藏到了身后……

初恋时想握的手，并不一定就能握住。在那段时间里，他曾向我透
露过他的爱情和烦恼，我也以过来人的身份给他出过一些参考性的意
见，但最终他和他第一个爱上的女孩没有谈成。而他的初恋的爱情诗，
虽然清新，虽然真切，现在看来已不过是一颗小石子投入水中所激起的
波纹。不知他当年爱过而没有谈成的那位女孩，现在是否还记得他？

在他留下的这些并不十分成熟的诗稿中，深深地震撼了我的，是一
首写父亲的诗。我的父亲在他四十九岁的时候，在没有任何先兆的情况
下，在一天深夜死于突发性的心肌梗死。一个处于壮年正生龙活虎的父
亲突然去世，对于家庭的打击是可想而知的。父亲死的时候，我二十二
岁，小弟海滨只有十四岁。我记得在那天夜里慌乱的抢救中，海滨完全
被吓傻了，一声也不敢出地躲在墙角。在以后数天的丧仪中，他也只是
默默地跟在妈妈和两个哥哥的身后，对于这样的事件，在他那个年纪还
无法做出什么样的反应，只能让命运把一道伤痕无声地刻进心里，在当
时甚至还感觉不到疼痛。但是在他写这首诗的时候，他已经知道失去父
亲是一种什么样的痛苦了。在海滨活着的时候，我不知道他曾写过这么
一首诗；而在我读到他这首诗的时候，命运之手又以夺走父亲同样的方
式夺了海滨，这种痛楚，用什么样的语言能够言说呢！这是一颗落入平
静湖中的陨石，湖水没不过它，成了立在湖心的一个黑色岛屿。这是一
个死去的亲人在怀念一个先他而去的亲人，也是一个家庭在一个不幸的

年代中创痛的缩影——

父亲，我想你……\ 在夜阑人静时\ 你会突然出现在我的梦境\ 我说，这是真的，你不要走……\ 醒来时泪已湿了枕巾\ 父亲，我想你……\ 在清明的绵绵细雨中\ 在有父亲的人谈论起他们父亲的时候\ 我时常想你啊\ 你为何这么早匆匆离去？

父亲，我想你\ 可我也曾恨过你\ 你常和母亲吵架\ 使母亲伤心、流泪\ 那时我真希望你出一次长差\ 家里也好有一阵太平\ 可是一夜之间\ 你真的走了\ ……医生说是心肌梗塞。

我没有哭，我只是难过\ 为了母亲哭得死去活来\ 后来我懂了，我体会到了\ 我失去的是多么贵重的东西！\ 我真想再听你谈谈过去\ 照片上你腰间的那支驳壳枪\ 是怎样像电影上那样响个不停……

有几年时间，你去了干校\ 母亲胆战心惊\ 把我们兄弟拉到门后\ 要我们和你划清界限\ 但同时又煮了一锅鸡汤\ 要我和哥哥到干校看你\ 却在长途汽车上洒了别人一身……\ 你在干校虽然愤懑，却也乐观\ 制作家具，还为公社打机井\ 上面逼迫交代问题\ 你毫不在乎，说：\ 心中没有鬼，怕什么鬼敲门！

以后，你解放了\ 有好几年的空闲\ 你常带着我到朋友家做客\ 谈论形势变化和人事变更\ 再就是抽烟、打牌\ 用胡荃蹭我的脸。

　　如今，我长大了 \ 胡子也生长在唇边 \ 我感到需要你的扶
持 \ 可是已经晚了七年 \ 我真的想哭了 \ 因为我有许多事要对
你说……

　　诗好像没有写完，也许写到这里，海滨真的哭了，写不下去了。事
实上，这首诗也完全没有构思、韵脚等艺术方法上的仔细考虑，只是有
一种情感要倾吐出来。读到这里，我的泪也忍不住地流出来。海滨想
哭，是因为真正能和父亲对话时，父亲已不在了。而我呢，真正能和海
滨像两个男人一样交谈时，他留学去了美国。一去就是八年，其间只在
1988 年回来过短短的半个月，在这半个月里，他要陪妈妈、看老师、
看同学、看亲戚、看朋友，兄弟间并没有很充裕的时间能够促膝长谈。
他回到美国后，虽然我们通信、通电话，但那对于谈话来说毕竟太局促
了。我们兄弟之间确实有很多事情要说，我们想，我们总有机会坐在一
起好好地谈谈的，谈谈他的科学，谈谈我的文学，谈谈一个男人作为儿
子、兄弟、丈夫和父亲的种种感受……但是死神打破了我们的计划，在
我们互相要说的许多事情后面，永远地打上了省略号。我现在读到的，
只是二十岁时的海滨；如果和三十岁时的海滨互相敞开心扉，将是一种
什么情景呢？
　　我面前放着的他的最后一首诗是写国旗的。这首诗作为一首诗来说
并不出色，但是他在诗中表达出的感情是真诚而热烈的——

　　黎明的手把太阳托到地平线上 \ 士兵的手把国旗升到旗杆
顶端 \ 好一片玫瑰红的霞光啊 \ 我的血也像你的红色一般鲜
艳 \ 我的心也像你的五星一样跳荡 \ 我倚着笔直的旗杆 \ 仰视

152

着你，像靠着一条大船的主桅＼我们是船上的水手＼正合力摇

动着中华的巨桨＼搏击着历史的风浪……

这些诗都是他在大学里写的，后来，当他毕业时考取了那年全国五十个的赴美留学的名额到了美国以后，就再也没有闲情逸致来写诗了。但是他在诗中表现出来的那种初衷，我想是不会改变的，作为一个中国人，像体育健儿那样，用自己的努力，使国旗在世人面前骄傲地升起，肯定也是他的梦想。他将用什么使国旗因自己而升起呢？当然是用他致力的学业。从他仅仅三十一岁就在竞争激烈的美国学术界赢得了一席之地来看，如果不是死亡打断了他的计划，像杨振宁和李政道那样为中国人赢得一次诺贝尔奖，并非是不可能的事。他已不能使祖国的国旗因自己而升了；但是在他葬礼的那一天，美国肯塔基大学和大学所在地列克星敦市的星条旗，为了哀悼一个年轻的中国学者而默默低垂在旗杆的中间。这或许是他离开世界时留下的最后一首诗，一首无声的诗。

我的小弟弟海滨已经永远地离去了，他年轻时写下的这些诗，还依然清新着。一代一代的人都会死去，一代一代人的青春时期，也都会让诗，在自己的生命上留下美丽的印痕。

悠哉妙语

在读书和谈话时碰到妙语，总要会心地一笑。如果一般的语言文字是鸡群的话，妙语则是仙鹤。成人口出妙语，舌灿莲花，大都是匠心独运之辞；而儿童口出妙语，则是清水出芙蓉，浑然一派天趣。

我儿子悠哉，年方四岁，自从会说话以来，便不时口出妙语，令大人捧腹解颐。如果说会押韵就是会作诗的开始，那么悠哉不到两岁便开始作诗了。那年除夕，在阳台上看放鞭炮，响声阵阵，火花闪闪，他忽然口占一句："鞭炮响，鞭炮炸。"我一听觉得有点像那么回事，便引诱道："悠哉，再说，接着说！"于是他又有了下句："炸出一朵小花花！"这其实是对大人所教儿歌的鹦鹉学舌，还算不得妙。妙的是一些并不押韵，却深得诗味的大白话。

每天晚上哄他睡觉，大人说："关灯，睡觉啦。"他问："为什么要关灯？"大人说："太亮，睡不着。"一天睡午觉，他说："太亮了，睡不着，把太阳给我关掉吧！"这个惊叹号是我加的，他说这话并没有什么惊叹的意味。我想这才是真正的赤子之心，大家之言，其气魄直逼苏辛。

在悠哉看来，不光太阳是可以关掉的，下雨也是可以关掉的。一次

154

我说要带他出去玩，天却下起了大雨，他等得不耐烦，说："爸爸，我派你去把下雨关掉。"我说："下雨怎么能关得掉呢？"他说："自来水一拧龙头就关掉了，下雨为什么就关不掉呢？童话上说龙是管下雨的，你去一拧龙头，雨不是就停了吗？"拧这个龙头我可以做到但关不了下雨；拧那个"龙头"也许能关掉下雨但是我做不到。不过打一把伞却是力所能及的事，于是把他背在背上，撑伞出门。悠哉说："爸爸，伞真厉害，有伞就没有天啦！"他不知道"秃子打伞，无法无天"这句话，却知道有伞无天。他不是秃子，无法（没有章法），却有趣味。悠哉接着说："爸爸，下雨天像是一个大浴室。"我说："嗯，像。"他说："我们到雨天里去洗澡吧！"我说："不行，会着凉的。"他说："在家里洗澡怎么不会着凉？"我说："家里是热水。"他说："那下海洗澡怎么不会着凉呢？海里又不是热水。"我无言以对，大人的逻辑到了孩子那里往往不堪一击。

一架飞机从天上飞过，他问："飞机为什么会飞？"我说："因为它有发动机。"

一只鸟从头顶飞过，他活学活用，立竿见影："小鸟会飞，因为它有发动机。"

我说："对，它的发动机就是心脏。"鸟飞走了，他问："人也有心脏，为什么不会飞？"我说："人没有翅膀。你看，你胳膊上光光的，没有羽毛，所以不会飞。"回到家里，他拿过一把羽毛扇："爸爸，扇子胳膊上全是毛，为什么它不会飞？"对这样的问题，你还有什么话好说？

悠哉不知道歇后语是什么，但是会说歇后语。我警告过他："电线不能碰，会把人电死的！"一天，我在修接线板，他走过来说："爸爸，电线要把你电死。"我大怒，谁知他还有半句："——怎么办？"于是我转怒为笑。

悠哉脾气不好，不顺心的时候会暴跳如雷，当然这雷炸开了也没有多么了不起，但我不许他当雷。每当他要发作，我都要训斥他："你不要发疯！"我的脾气也不好，话说了三遍他还不听便要发火，嗓门就粗了起来。他居然会以其人之道还治其人之身，振振有词地说："爸爸，你不要发疯。"

悠哉会说："直升飞机怕热，所以要背一个大电扇。"

悠哉会说："火车哐当哐当开累了，所以要有火车站。"

悠哉的小脑瓜还会背包袱。大人说吃辣椒勇敢，他说："我勇敢，所以我要吃辣椒！"但辣椒毕竟太辣，还是吐了出来。大人说，那就不吃了吧。但悠哉闷闷不乐："我怎么不勇敢啦？"大人说："你很勇敢啊。"他说："不勇敢啦！"并为此深深不快。

悠哉最令人吃惊的话是前几天说出来的，他雄赳赳气昂昂地说："我长大了要当一个歹徒！"我们闻言失色："胡说，怎么能当歹徒呢？"悠哉说："为什么不能当呢？我要当一个专门逮坏蛋的逮徒嘛！"

原来如此，我们大笑。看来竖子尚可教也。

顺昌路 419 弄 1 号

　　许多朋友都认为我的名字和海南岛有关，其实不是，海南二字，南是指南京；海是指上海，落到实处，指的是上海顺昌路 419 弄 1 号。随着岁月的流逝，你也许会忘记很多过去生活中的情节和细节，但你一定还会记得你曾经住过的房子。对某一所房子的记忆，也就是对某一段生活的记忆。只要你仔细回想一下那房子，许多已经生疏了的影像、气味和声音又会变得熟稔和亲切起来。

　　母亲的儿时是在杭州度过的，那个地方在艮山门外，叫大浒弄。可惜母亲已记不起她老家房子的模样，只记得有一个大院子，她儿时曾在里面玩耍。那院子里有多种果树，桃、杏、柿子、白果等，每到收获季节，果实都用筐装着，吃也吃不完。她还记得的是，家的门前就有一条河浜，或者是一个池塘，抑或是一个小湖，总之是一片水。支持这片水的记忆的是：有一次她和她的妹妹、也就是我的阿姨，看见一个人无端地碾死地上的一只又一只蚂蚁，于是两个小姑娘便学着外婆的腔调，对那个人说："罪过啊！罪过啊！"说得那人一路后退，竟失足跌进了那片水里。那人爬上岸时，居然顺手摘了一片荷叶顶在头上遮住了脸。那是多么有趣的童年记忆！可惜妈妈儿时的家，毁于 1937 年日本人燃起的战火。外公外婆带着一家人逃难到了上海租界安生，从此那个家便荡然无存了。

几经沧桑之后，到了1949年，外婆、外公带着我的母亲和四个舅舅一个阿姨一共六个孩子全家八口人挤住在上海瑞华坊一间很小的亭子间里。中间一张方桌，四面都是床铺，东西不是塞在床下就是吊在墙上。从房顶向下俯瞰，几乎就是一张八卦图了，真不知那时他们这八个卦象在图中是怎么摆的。好在不久大舅舅离家去了北京，第二年我妈妈也在上海就地参了军，亭子间才算稍微空了些。又过了好几年，外婆家才从亭子间搬进了一间较大的房子里，那可完全是我妈妈和爸爸的功劳。

那时我妈妈和我爸爸这两个军人正在谈恋爱，在谈到了结婚的同时自然也就谈到了房子，于是他们便肩并肩地走到上海的房管所去问哪里有房子可住。房管所的人说不太清楚，你们自己去找吧，如果找到有空房子，到房管所来登个记，就可以搬进去住。或许那时候上海的住房还不太紧张；或许是那时候对军人特别优待，总之我的父母亲边逛马路边谈恋爱边找房子，居然在顺昌路419弄1号的楼下找到了一大间空房子，回头再去房管所，房管所的人非常说话算数地把这间空房子划归到了我父母亲的名下。于是他们凭空便有了一所新居。不久父亲调到了南京，我出生以后母亲也随父亲调到了南京，于是外婆家便从瑞华坊狭小的亭子间里搬进了顺昌路的这间大房子。不久我二舅也结婚了，原来的亭子间便成了二舅舅的家。

顺昌路419弄1号是我童年的乐园。父母在南京工作，我儿时有许多时光是在这里的外婆家度过的。这是楼下的一间大约有二十平方米的或许还稍多一点的大房间，前面两扇开的大门下是三级台阶，台阶旁是外公的盆花（其实是一些不太会开花的小灌木）和盆景；后窗外是一个天井，天井中的自来水龙头和大水池子是公用的，从早到晚，天井中

158

的水声总是哗哗地响个不停。前门外的水门汀空场边上有一口水井。弄堂口有一个看门人，是个四五十岁的壮汉，胡子刮得铁青，眼睛很大很凶，除了看门，第二职业就是吓唬小孩，满弄堂的小孩没有不怕他的，以至我们每次从大门口走进走出都要屏住呼吸，就像小老鼠走过老猫身边那样。看门人虽然很凶，但极勤劳，每天早上四五点钟便起身从井里打上水来，把弄堂里那片水门汀空场冲洗得一尘不染。除了下雨，从不间隙。每天早上，把我们从梦中唤醒的便是那水桶在井中碰撞的声音和将水倒在水门汀地上的冲击声还有拴水桶的铁链子在井沿上摩擦的哗啦声。

说起我童年的快乐，不能不提起我的外婆和外公。那时候外公外婆的六个孩子有五个已经离家自立，占领空间的主要人物已成了我、我弟弟和我表弟以及邻居家的孩子。外婆对我们生活上的照料可谓无微不至，暑假里，当我和小伙伴们在弄堂里外疯了一天之后，傍晚时分门前便会飘起外婆悠长的呼唤声："海南——，回来汰浴了——"然后我便回来，坐在外婆为我准备好的大木盆里美美地洗一个澡。洗完澡，门前的水门汀地上一张方凳、一把小竹椅已经放好，方凳上是为我摆好的饭菜。我边乘凉边吃饭时，弄堂口布店的老伯伯便会踱过来跟我开上几句玩笑，故作惊讶地叫上一声："噢哟，今朝小菜丰富来！"

而外公则是个大玩家，常和我们一同在屋里屋外玩耍嬉闹。说他是个大玩家，并不是因为他玩的名堂有多大，而是因为他那时已因病退休在家，家务事不会做也不愿做，除了玩便别无他事。每天写几笔字，画几幅画外，便是以门边窗上的盆景自娱。今天在假山上挖开青苔种两棵小草；明天在假山上安置一些瓷做的小亭小桥老翁老妪；后天再往假山下的水中放养几尾金鱼，直把个小小盆景搞得如公园一般。再就是不断翻出新花样来使孙子和外孙们高兴，不时地买回一些小动物诸如叫蝈蝈、金龟子、蟋蟀、知了之类来愉悦我们。并且外公还有一大箱连环画，从《三国演义》到《水浒传》到《西游记》到《聊斋志异》应有尽有。我艺术上的启蒙教育，或许就是从上海的这间房子里开始的。外公还是一个小吃家，说他是小吃家，是因为他吃的范围仅限于小吃而从不涉足正儿八经的大馆子。我小的时候上海的小吃真是价廉物美，三分钱一条熏凤尾鱼，五分钱一只油炸麻雀，其他诸如烧卖、锅贴、小馄饨、小笼包之类，他每天总忘不了带一只小锅出去往回端，当然也总忘不了给我们这些小东西们分上一杯羹。

外公画的一手山水画虽然登不上大雅之堂，却也很有一点明清遗老遗少的味道；写的一手字非颜非柳非行非楷，却方中有圆直中有曲，若狠下一番功夫，或许能够独树一帜的，可惜他是个玩玩而已浅尝辄止的人。但是他的才情还是时时可以显露出来。我们兄弟有几张小时候玩耍时被二舅舅抓拍下来的照片，外公在照片背面信手题下的诗，至今仍为我们津津乐道。一张是我和隔壁弄堂的孩子打架败逃回来的惨相，外公题诗曰：

"赤膊上阵大败回，短裤险些被撕碎，胸前伤痕殷然在，更见鞋尖露脚头。"

一张是我弟弟和表弟在门前玩捉迷藏，照片上我弟弟手执短棍正寻思那门后面是否有埋伏。外公题诗曰：

"欲进踟蹰欲退难，徘徊门前暗思量，纵然有棍堪抵御，警惕还须防水枪。"

还有一张是我、弟弟和表弟三人衣衫不整大汗淋漓愁眉苦脸的合影，外公题诗曰：

"难得三星聚一堂，机谋还赖共磋商，如何扭转常败局，一致主张买气枪！"

寥寥数语，我们童年时的情景便栩栩如生历历在目。当然还要感谢为我们拍下这些照片的二舅舅。

几年前去上海见二舅舅时，发觉他一下子老了很多，一口牙拔掉了还没装上，更显得人精瘦精瘦。这就是那个在顺昌路419弄1号里领着我们用气枪打鸟的二舅舅；在弄堂拐角外的阴沟洞口和我们一起伏击水老鼠的二舅舅；在暗室里看着他洗印照片时觉得他伟大得不得了的二舅舅；会玩许多花样讲许多笑话做许多鬼脸的二舅舅，终于也在时光的催逼下无情地老了。不久后便听说二舅舅患了食道癌，但手术做得挺成功。不争气的食道当然是得"炒鱿鱼"了，用了一节肠子来取而代之。我去医院看望他时，心想对于一向幽默惯了的二舅舅不能满脸严肃，便跟他瞎开玩笑。问起病情，他说："脖子、胸口和肚子上，上中下各开了一刀，一共吃了三刀。"我说："喝点蜂王浆吧，这样你就成了'蜜三刀'了。"

他说："现在只剩下肚子上的一根管子了，可刚下手术台时，身上输血管、输液管、氧气管等一共插了八根管子。"我说："那时候你不是成了一只八带蛸（章鱼）了吗？"

我问他现在可以吃饭了吗，他说已经可以了，少吃多餐，不过有时候取代食道的那段肠子会跟他掏蛋，忘了自己已经成了食道，还保留着蠕动的习惯，一蠕动了让他犯恶心。我安慰道："不要紧，这段肠子本来只是个'下士'，现在一下提拔它当了'上尉'，不习惯也是正常的，等它适应了，和喉咙和胃打成一片就好了。"他笑道："对对，越级提拔总归有点问题。"

他说动手术时一共输了近4000cc的血，全身的血几乎都换了一遍。我说这叫内阁总辞职，"民主党"走了，"共和党"进来当政，干得未必就比前面差。

探望病中的二舅舅，就这样跟他瞎开了一通玩笑，真的希望他能"笑一笑，十年少"！因为在顺昌路419弄1号我的童年乐园里，他曾给我们带来过那么多的笑声。但两年后二舅舅终于还是去了。

顺昌路 419 弄 1 号的房子现在是我六舅舅的家。六舅舅一家已去了荷兰，只有六舅舅不时往返于国内外，回上海时仍住在那里。当我再去瞻仰那里时，门两边的盆花和盆景早已不复存在，原来觉得十分宽敞明亮的大房间变得拥挤而阴暗；原来觉得十分开阔的门前空场只是一片很狭小的地方。真怀疑我们童年时那么多冲冲打打有声有色的故事就是发生在这里。那眼水井依然还在，只是再也没有人每天早起打水冲地了。前些年去时，还见到当年虎背熊腰的看门人老态毕现，风烛残年的样子；到现在又是数年过去，那支光焰已经十分微弱了的蜡烛也许已经被上帝轻轻吹灭了吧。

如果编辑都如燕生

　　从《文艺报》上看到杨牧的文章，才知道燕生走了，心中一沉，不禁泪下。随着年纪渐长，送走比自己年长的友人已是常事，有时只是心中一声叹息，并不觉得十分悲伤，因为寿数有限，人人都有这一天。但是在我毫不知道的时候，燕生走了，我只能说，我很难过。

　　杨牧找出来的那一首旧诗，写于1982年，那是燕生初有白发之时。而我与燕生相识于1981年，到如今已是三十年了。前些年，见到渐入老境的燕生，心中多少有些酸楚。我想，在我们这一辈诗人中，为他之逝而感到难过者会有很多。许多当时年轻和并不年轻的青年诗人，都是从"青春诗会"这个苗圃踏上诗坛的，而燕生则是这个苗圃里最辛勤最无私的园丁。我没有参加过"青春诗会"，但我参加过《诗刊》的一次常州诗会，和"青春诗会"一样，数位诗人和《诗刊》的编辑相处半月，一同探讨、切磋，最后交出作品。那次常州诗会就是由燕生主持的，参加者有我、孙友田、王德安等，还有在常州的诗人邹国平和赵淑光、赵翼如姐妹。他们知道燕生走了，应该会有和我相同的心情。

　　我写诗算出道较早，在那之前就已经在《诗刊》上发表了不少作品，但和《诗刊》派出的编辑朝夕相处，白天同吃同参观，晚上同住同思考，那还是第一次。我想，许多怀念燕生的朋友就是在那样的活动中感受到燕生温润如玉的君子之风和人格魅力的，如师亦如友。那时候的《诗刊》，能得到诗人们的衷心爱戴，是因为有一批爱才惜才、公平公正、无私无欲的好编辑，而燕生则是楷模。现在想来，那次"诗的常州"活动，燕生并不轻松，因为题材单一，目标明确，就是得交出一组工业诗来，而工业这东西和田园不一样，似乎天生就和诗保持着足够的距离。虽然请来的几位都是写工业诗颇有建树的诗人，但最后能否拿出有新意的作品来，大家心里不太有底。看到我写出的《圆圈与三角的进行曲》那一组初稿，燕生露出了欣慰的笑容，那种由衷的高兴就像自己写出了好作品。当然在如何修改得更好方面，燕生没少费心血。有了我的这一组还算有新意的工业诗垫底，燕生明显地轻松了，和我天南海北地聊起了诗内与诗外种种，许多是他的人生经历和经验，使我这个后生小子受益匪浅。他说过的一些东西，我至今记忆犹新，并且还说给别人听。比如这样两句诗："莲（怜）子心中苦，梨（离）儿腹内酸。"还比如这样一个有关于对诗的故事：

一个年轻的私塾先生出对子当作家庭作业让学生回去对，上联是"六尺丝绦，三尺束腰三尺坠"，第二天有个学生交来了下联："一床锦被，半床遮体半床闲。"先生大感惊讶，问这对子是你自己对出来的吗？学生不敢撒谎，说是姐姐帮着对的。先生问，你姐姐出阁了吗？学生答，正待字闺中。于是这位尚未婚配的年轻先生觉得此对大有深意，便又出一联让学生拿回家去对，上联是："山高林密，问樵子如何下手？"第二天学生带来了下联："水深浪阔，劝渔夫早日回头。"先生一看大为羞惭，连忙出一上联道歉："竹本无心，却生出许多枝节。"那学生的姐姐又回了下联："藕虽有孔，从不染一丝污泥。"

这样的一个关于诗的故事，充满了淳厚的君子之风，有诗意，有聪明，有纠错之心和宽恕之道，正是燕生的风范。我不知道这是他听说的还是他创作的，但我每每将这个温润如玉的段子讲给别人听时，便想起了温润如玉的燕生。不知道临终时的燕生是否还记得这个故事。

关于燕生，我还有另一种感慨。我想，许多我这一辈的诗人都会怀念80年代，那是一个诗的年代，也是诗人们以诗会友的年代。那个年代诗歌被人喜欢，诗人被人尊重，固然和诗人们写出了人们心中的声音有关，也和像燕生这样的一批公正无私、爱才惜才的诗歌编辑有关，这样一批心地纯洁的园丁的辛勤劳作保证了诗坛净土的相对纯洁。而后来诗歌地位的迅速边缘化，固然和社会大环境的变化有关，和许多诗人的不自重，许多诗歌编辑的太自重恐怕也不无关系，特别是为数不少的当诗歌编辑的人把自己出名得利放在了为读者选编出真正的好作品之上。如今诗坛的败落，是因为有太多的写诗人只把诗当作敲门砖；而在此之前，则有不少编辑已把岗位变成了自肥之地。

如果编辑都如燕生，我想诗坛不至如此萧瑟。

七连三排四十年后集合

这里所说的七连三排不是军队中的某连某排，而是 1969—1970 年南京铁路中学初中一个班级的名称，我是这个班里的学生。

铁路中学简称铁中。那时铁中的初二年级一共有十个班级，当时很多事情都仿照军队的那一套，这十个班级便被编成了七连三个排、八连三个排、九连四个排。七连三排就是初二（3）班，以此类推，九连四排就是初二（10）班。

在铁中上学的孩子基本是铁路职工的子弟，父母在铁路系统上班，家住在铁路宿舍。拿我们七连三排来说，全班同学居住在一个相对集中的区域，大部分同学来自南京多伦路上的十几幢铁路宿舍之中，还有少数家在毗邻的宋家埂、四所村，也都是铁路上的房子。家住在多伦路的这些人，是同校同班的同学，父母则是铁路分局这个大单位中的同事。所以我们班上的同学，不但熟悉互相的名字，同时也熟悉几乎每个同学父亲或母亲的名字。久而久之，某个人父亲的名字竟成了他的绰号。当然这只是取绰号的一种方式，那时候我们几乎每个人都有一个绰号，有些绰号是根据姓名中的某一个字的谐音而取的。比如姓丁，就叫钉棺材；姓顾，就叫箍马桶；名字中有个洪，就叫烘山芋；还有某人曾被怀

166

疑得过肝炎，绰号就成了"肝大"，如此等等。

从小学开始我们的上学情景是，由家住多伦路最远端的某个同学开始，在走向学校的途中经过某个比较要好的同学家就停在门口或窗下喊一声，等这个同学出来后再结伴而行，到下一个同学再喊一声，于是上学的队伍如雪球般越滚越大，到学校门前时已是七八个或十来人的一群了。但这一群人肯定是清一色的男生或女生，除了在课堂上，男生女生从不混杂在一起。除了班干部，男女生之间也从不打交道。如果某个男生或女生没有正当理由就和异性同学说话，必定为大家侧目而视，似乎是做了什么不光彩的事情。这是我们班同学间的大致情况。我们的班主任薛其玉是我们的数学教师，她也许是当时铁中最好的老师。我们这些学生虽然愚钝，但在所有给我们上过课的老师中分辨出谁是最有水平的这一点水平还是有的。薛老师那时候四十岁出头，精干的身材，稍有些四方的脸，上课时腰板总是挺得笔直，一手漂亮的板书，说话带一点无锡口音，在对照某组数字说"彼此彼此"的时候，总是说成"贝次贝次"。

我是在1970年底离开我们这个七连三排到真正军队的连排中去当兵的。其实在七连三排我和薛老师相处的时间不过两年，我的成绩虽然不差，但肯定也够不上她的得意门生；同时因为我性格倔强，时不时地会闹点乱子闯点祸，因此也没少挨过她的批评。所以我对薛老师有正常的尊敬，却不像某些受到过她特别关照的同学那样对她怀有深厚的感情。我复员回来后，虽然在几个常相往来的同学忆旧之时常会说起当年薛老师如何如何，但竟然四十年间再也没有见过她的面，就像许多同学一别四十年再未谋面。去年年底，几个热心的同学发起了七连三排四十年后再集合的同学聚会，同时为薛老师祝寿，日子定在今年1月8日她八十四岁的生日这一天。

那一天，我们七连三排五十八名同学一共到了四十多位。有的同学

167

四十年未见还能够一眼认出，有的则需要认真想想这是谁，还有几位则和当年那个人完全没有相似之处了。同学中既有数十年秉性未变的，也有与当年大相径庭的，比如那时候看不出有任何文艺细胞的人成了很不错的男高音，而那时候羞涩如丑小鸭者现在像白天鹅般舞个不停。聚会的高潮当然还是薛老师的来临，男女同学夹道欢迎，开始还如当年那样，男同学女同学各站成一排，直到有人开玩笑地说："我们现在还那么泾渭分明吗？"男女同学才混搭到了一起。四十年后的薛老师，无论是身材还是脸庞都比当年小了一圈，脸型也变窄了，毕竟是八十多岁的老人了，况且不久前因癌症还动过手术，但那眼光中的神态，还是爱说"贝次贝次"的那个严谨的数学老师。

午宴开始前，老师的讲话深深感动了我们。我根据记忆，大致复述如下：

同学们，我是个老师，教了一辈子书。我的学生最早的有50年代的，最晚有80年代的，因为一年又一年、一级又一级的实在太多了，所以当你们告诉我这一班同学要聚会时，我一下子不知道怎么把你们这一班从我教过的那么多个班级中区分出来。但是一说到是七连三排，那我就清晰了，因为你们这一班，是我一生中最艰难的时候带的一个班！提起七连三排，我马上就会想起，我带着你们这个班，和整个铁中初二年级的其他九个班一起，徒步走过长江大桥，到江北的农村中去的那个情景，那一段艰难时光！说艰难，是因为在你们的眼中我是一个很严厉的老师，你们只知道在学校里老师可以板起脸来批评你们，却不知道老师那时候的处境，那时的我就像一根脆弱的芦苇，随时可能被强大的政治风暴吹折。

那个时候，我们师生之间没有很多情感交流，也不可能有

168

多么深的情感交流。作为老师，我多少了解你们每一个学生当时的家庭情况，谁家的经济情况好些，谁家的条件差些，谁的父母被当作走资派和黑帮被打倒过，谁的父母还在隔离审查之中没有放出来。但是你们并不知道老师家里是个什么情况，直到今天我才有机会说出来：

我出生在无锡城里的一个富裕之家，我家的祖上因为财产丰殷，有过"薛半城"之誉。因为家境富裕，我才有可能上大学受到比较好的教育，以后才可能成为你们的老师。但在我带你们班的那个时候，出生在富裕家庭可不是个好事情，那意味着出身不好，在政治上低人一等！而我的老伴呢，正戴着政治帽子，在隔离审查当中，一个家完全由我独自担当。我白天在学校要管你们这群孩子，晚上回去要管我自家的三个孩子。工宣队命令我在十几个小时内就要和你们一道背着背包到农村去，那个时候我真是内忧外患啊！我的小孩大的不比你们大，小的比你们小很多，大点儿的小孩在别的学校也要像你们一样跟学校疏散到农村去，而最小的那个当时正得肺炎，在发高烧。那个时候你们说我该怎么办？那个时候学校的领导是工宣队，你们知道工宣队大多是一些年轻的工人，他们满腔革命热情，满脑子阶级斗争，哪里能体会到我作为一个妻子正背着丈夫有政治问题的重负，作为一个母亲要独自照顾三个孩子的难处？命令下了，就要执行！我想你们当中也许有人还记得，那次下农村，我是带着我的小孩子和你们一起下的，还好肺炎没有要了她的命！白天在你们面前，你们看到的只是老师严肃的面孔，你们不会看到夜里我一个人悄悄流下的眼泪。

那个时候，你们还记得吗？我和你们是怎样一步一步走过长江大桥，走向陌生之地的吗？从早上开始，一直走到天黑。

169

你们背着背包，提着脸盆，我记得全班最矮的几个同学，那脸盆几乎就拖在地上，盆边的搪瓷都磨掉了。那是你们从来也没有走过的长路啊，我也没有走过。你们的脚上起了泡，我的脚上也起了，只是你们的泡可以给我看，让我帮着你们挑破它，但是我脚上的泡没有人可以给看，也没有人帮我来挑破。当步履越来越沉重时，你们一遍又一遍求我：老师啊，累死了，累死了，休息一下吧！休息一下吧！我多想让你们休息一下啊，哪怕只有五分钟，但我狠起心肠不答应，我不能答应，只是赶着你们向前走，我知道一旦让你们坐下，就再也起不来了！当天色越来越暗，越来越黑，你们问我：老师，目的地在哪里啊？我们还要走多远？我只是板着脸叫你们继续走，不要问，因为我也不知道目的地在哪里，还有多远。

唉，那个时候，那个时候啊！说实话，我教你们只不过短短两年，你们只是我教过的数十届学生中的一届，但是因为那个时候，那样的经历，我想起那一次走的长路就想起了你们每个人的样子，每个人的姓名。后来，在农村的那段日子里，还发生了你们当中有几个人一起混上火车回了一趟家的事情。在现在看来，不过是小孩子想家了跑回去看看，而且第二天就回到班里了，算不了多大的事。你们是铁路的孩子，知道怎样乘火车，但问题是你们没有请假。后来全校开大会批判这几个同学，有的还为此被开除出了红卫兵。我想保护，可像我这样的老师无权阻止。但我可以保证的是，当我的学生因为这样那样的事情要定错误的性质、要受到处罚时，我总是尽力地往里拉，从来没有向外推过。你们都是孩子啊，有哪一个孩子没有一点儿小错，又有哪一个孩子可以随便就定为罪人？

那个时候，算了，不说那个时候了，说说后来的事吧。后来，我又带过许多班的学生，再后来，我退休了。我的几个孩子很有出息，他们上了大学并且出国留了学，有的在日本，有的在德国，后来又都回来了，因为他们希望更多地留在父母身边。

好了，不说那个时候了，也不说我了，说说你们大家吧，谢谢你们给我买的生日蛋糕！在我带你们七连三排的那个时候，我知道你们每个同学的生日，但是我没有给你们中的谁过过生日，在生日蛋糕上点燃蜡烛，在祝福的生日歌中再把它吹灭，这样的情景，不是那个时候的事情。但是四十多年后，你们记起了我的生日，同时借这个日子你们同学相逢，我非常非常高兴！作为一个老师，就让我再给同学们提几句希望吧，我希望同学们见面，不要比谁的官大，谁的钱多，谁的地位高；要比就比谁的身体健康，谁的家庭和睦，谁的心情愉快！那个时候我就对你们说过这样的话，在我的班上有调皮的孩子，有不听话的孩子，有可能出一点点格的孩子，但是没有一个是坏孩子！现在，我对你们还是这句话，在你们中间，我还没有看到一个坏人，一个贪官，一个违法的人！作为你们的老师，我为此感到非常的自豪！

当薛老师讲着那个时候那些事情，我的眼泪止不住地流着，同学们也都是泪眼相向，无论女生还是男生。而薛老师最后的讲话让我深感震惊：是啊，我们这些人中间有当了官的，但还没有一个被"双规"的；这些人的经济状况自然有好有差，但也没有听说谁犯过法进过监牢。在我后来当兵的战友和接触过的各色人等中，犯了事的，被"双规"的不止一个，有的进去了到现在还没有出来。而在我们七连三排当中，竟然没有出这样的人，这难道不是一个奇迹吗？我觉得这真是一个奇迹！

老师讲完话后，聚会的组织者把发言的机会交给了我。因为我是个诗人，理所当然地接受了为这次四十年后的聚会写一首诗的任务，四十年没见过面，我没有想到我写的诗在情感和情绪上和老师的讲话是如此相近。在薛老师的叙述中，我听见出现得最多的一个词就是"那个时候……"我写的这首诗，题目就是《那个时候》，几度哽咽之后，我朗诵完了这首诗……

哲　　思

永恒的问题是无解的

——对霍金理论的质疑

    我时常会想起初次面对高更那幅画时所受到的震撼。震撼我的不是那画面，而是那题目："我们从哪里来？我们是谁？我们到哪里去？"

    这是一个关于存在和永恒的问题。其实在这个问题之外还有一个包裹着它的问题：我们生存其中的这个宇宙是怎么回事？时间有无开始和终结？基本粒子是否无限可分？外层空间是否无限广大？有一种东西在诱惑人去搞清楚这些问题；同时有无数障碍在使人永远也搞不清这些问题。

    不巨不细，不长不短，半神半兽，半明半白，这就是人在宇宙中的境况。

    当许多有关生存的具体问题纷至沓来时，那个有关根本存在的大问题常会被从脑中挤开，但它并没有离我而去，而是潜伏在脑中一隅，每有机会，便要跳出来活动一番。这次引得它出来活动的，是史蒂夫·霍金所著的《时间简史》。他用科学家们的研究成果，为我们描述了人类目前所能理解的宇宙图景。在阅读过程中，我叹服科学家们为解这道大题目所做出的精彩思维；但在思考了一番之后，却又不能十分信服地接受科学家们展示给我们的题解。

在此书的结论一章中霍金写道：迄今，大部分科学家太忙于发展描述宇宙为何物的理论，以至于没有工夫去过问为什么的问题。另一方面，以寻根究底为己任的哲学家们不能跟上科学理论的进步。在 19 世纪和 20 世纪，科学变得对哲学家，或除少数专家以外的任何人而言，过于技术化和数学化了。哲学家如此地缩小他们质疑的范围，以至于连维特根斯坦——这位 20 世纪最著名的哲学家都说道："哲学仅余下来的任务是语言分析。"这是从亚里士多德到康德以来哲学的伟大传统的何等的堕落！

读到这里，我的感觉是，似乎哲学已无可奈何地从这一领域中撤退，余下的问题只能由数学来担当。但是，哲学真的自认为无能为力，或者在数学家看来是无能为力，只能听凭数学家如是说了吗？那么，不懂或不太懂高深数学的普通人还能否思考宇宙的问题呢？宇宙是否只能用数字而不能用语言来思考了呢？宇宙的问题到底是一个数学问题还是一个哲学问题，或者两者兼而有之？数学确实是人类认识宇宙的最重要的工具，但只用数学来解释宇宙之谜恐怕还是不够的。懂数学的天文学家们所从事的工作是令人敬佩并使人思路为之一开的，但他们所提供的宇宙模型，仍然要受到哲学的质疑。

理论科学的终极目的在于提供一个简单的理论去描述整个宇宙。但从哲学的观点去看，科学可以接近，却永远也达不到这个终极目的。这是一个二律背反。人的存在就是这个悖论本身。霍金的渴望和我们普通人的渴望其实是一样的，只是更强烈：我们为何在此？我们从何而来？人类求知的最深切的意愿使他们渴求理解世界的根本秩序，对我们生存其中的宇宙做完整的描述。但是他也认识到：在寻求这样完整统一理论中有一个基本的矛盾。假定我们是有理性的生物，既可以随意自由地观测宇宙，又可以从观察中得出逻辑推论。在这样的方案里可以合理地假设，我们可以越来越接近找到制约我们的宇宙定律。然而，如果真有一套完整的统一理论，则它也将决定我们的行动。这样，理论本身将决定了我们对之探索的结果！那么为什么它必须确定我们从证据得到正确的结论？它不也同样可以确定我们引出错误的结论吗？或者根本没结论？

上帝是否存在？即便真的存在，他也不说话。

没有别的东西可以给人类批改答卷。

在探讨宇宙这个包容一切问题的根本问题时，人们不断地面对难解的悖论。康德早就指出关于时间是否有开端、空间是否有极限的问题是一个纯粹理性的二律背反，因为正反两方面都有同样令人信服的论据。他对正命题的论证是：如果宇宙没有一个开端，则任何事件之前必有无限的时间。他认为这是荒谬的。他对反命题的论证是：如果宇宙有一开端，在它之前必有无限的时间，为何宇宙必须在某一特定的时刻开始呢？

但是现在，斯蒂芬·霍金告诉我们：在宇宙开端之前，时间概念是没有意义的。时间是上帝所创造的宇宙的一个性质，在宇宙开端之前不存在。

这的确是一个创造性的思维。现代天文学对宇宙的描述，就是建立在这个思维之上。

用气球打比方

1929 年，埃德温·哈勃做出了一个具有里程碑意义的观测：不管你往哪个方向看，远处的星系正在急速远离我们而去。换言之：宇宙正在膨胀。这意味着，在早先星体相互之间更加接近。照此推论，在大约一百亿至二百亿年之前的某一时刻，它们刚好在同一地方。霍金认为，这个发现终将宇宙的开端问题带进了科学的王国。哈勃的发现暗示存在着一个叫作大爆炸的时刻，当时宇宙的尺度无穷小，而且无限紧密。在这种条件下，所有科学定律并因此所有预见将来的能力都失效了。在此之前时间没有定义。在这个意义上说，时间在大爆炸的时刻有一个开端。科学家强调的是：这个时间的开端和早先考虑的非常不同。在一个不变的宇宙中，时间的端点必须由宇宙之外的存在物所赋予。宇宙的开端没有物理的必要性。但是如果宇宙膨胀，宇宙有一个开端就有了物理的原因。现代的宇宙模型也就有了一个有力的支点。

为了让我们这些不懂得高深数学的普通人能够弄懂宇宙的膨胀是怎么回事，科学家们用最为简单的气球来打比方——"由于宇宙已经像大爆炸模型那样膨胀，所以这宇宙常数的排斥应使得宇宙以不断增加的速度膨胀，这一有效宇宙常数的排斥作用超过了物质的引力作用。当它们膨胀时，物质粒子越分越开，宇宙中任何不规则性都被这膨胀抹平了，正如你吹胀气球时，它上面的皱纹就被抹平了。宇宙现在光滑一致的状态，可以是从许多不同的非一致的初始状态演化而来。"

"为了理解黑洞是如何形成的，首先需要理解一个恒星的生命周期。起初，大量的气体受自身的引力吸引，开始向自身坍缩而形成恒星。当它收缩时，气体原子的碰撞使得温度上升。最后气体变得如此之热，如同一个受控氢弹爆炸，反应中释放出来的热使得恒星发光。这增添的热又使气体的压力升高，直到它足以平衡引力的吸引，这时气体停止收缩。这有一点像气球——内部气压试图使气球膨胀，橡皮的张力试图使气球缩小，它们之间存在一个平衡。"

"……所有的星系都直接相互离开。这种情形很像一个画上好多斑点的气球被逐渐吹胀。当气球被吹胀时，任何两个斑点之间的距离加大，但是没有一个斑点可以认为是膨胀的中心。并且斑点离得越远，则它们互相离开得越快。任何两个星系互相离开的速度和它们之间的距离成正比。星系的红移应与离开我们的距离成正比，这正是哈勃所发现的。"

于是我们面对的就是一个宇宙是否等于气球的问题。

在第一类模型中，宇宙膨胀后又坍缩。空间如同地球表面那样，弯曲后又折回自己。宇宙等于一个先吹胀后吹破的气球。

在第二类永远膨胀的模型中，空间以另外的方式弯曲，如同一个马鞍面。在这种情况下空间是无限的。宇宙不等于气球。

在第三类模型中，宇宙以临界速度膨胀，恰到可以避免坍缩的好处。星系的距离从零开始，然后永远增大。速度越变越慢，却永远不会变零。在这一点上，宇宙约等于一个气球，因为不存在永远也吹不破的气球。

对第一类模型的质疑是：如果只以气球而论，从吹膨胀的球面固然可以想见球体表面各点距离的不断增大并最终破裂，但并不能得出气球本来是一个无限小的点。它的增大是有限的，缩小也是有限的。宇宙是否也如此呢？

对第二类模型的质疑是：在这种情况下空间又成了无限的，它逃脱了科学家们试图把它放在有限无边的宇宙模型中来讨论的努力。

对第三类模型的质疑是：星系分开的速度越来越慢却永不为零，慢到最后，接近于静止，但慢与静止的界限在哪里？如果它真的静止了，那么讨论的对象在很大程度上又回到了过去人们认为的那个静态的宇宙。

对于气球这样的比方，还有一个问题在于：宇宙现在的膨胀和将来的坍缩，是用什么来做坐标系的？很简单的道理，如果没有其他星体做参照，我们就无法搞清地球和太阳到底谁绕着谁转。同理，如果宇宙这个大气球是在一间没有同时膨胀的房间里，我们可以得知它是在膨胀。但是我们知道宇宙这个概念并不只是房子里的气球，而是房子内外无所不包的一切，如果它不能包容一切的话，它就不是宇宙。这一切都在同时膨胀却并没有一个外在的参照物的话，我们怎么知道这就是膨胀？如果它坍缩到无穷小的话，我们又怎么知道它是在坍缩？

当然，对这个质疑可以这样回答：没有外在的参照系，却有内在的参照，这个参照就是人。我们在气球的内部或表皮上从光谱的红移现象看到了宇宙的膨胀，是因为我们没有随之膨胀，准确地说，是因为膨胀的速率不同，否则就看不出它是在膨胀。这样看来，人成了宇宙的坐标系。我们是宇宙这个气球里（或气球上）的一个会思考的细菌。那么，当宇宙最终坍缩时，如果人类这个菌群还存在的话，是否也因为速率不同或其他神秘的原因并不和它一同坍缩，当整个宇宙都不可思议地缩小到一个几乎没有的点时，而我们依然以不变的视点在观察它（这应该是从气球的外面了），这是不是有些荒谬呢？如果这个设想是荒谬的，那么我们现在即使是以最先进的仪器所观测并推论出的结果就一定是确定无疑的吗？为了可靠起见，我们还能给宇宙这个大气球找到别的参照系吗？可是如果在宇宙之外还有一个可做对照的宇宙的话，那我们的这个宇宙就不是整个宇宙而只是宇宙的一部分。如果真是这样的话，那么：

一、无论膨胀或坍缩的宇宙都只是人的能力能够达到其边缘的那一部分宇宙（无论向内还是向外），边缘之外仍然是我们无从知晓的东西。

二、或者换一句话说：人类能力的边缘，便是宇宙的边缘。事实上不是宇宙在膨胀或者扩大着，而是人类认识和改变自然的能力在扩大着。在此条件下，我们才看到原来那个亘古不变的宇宙变大了。在过去的天文望远镜下是人类视距的增加，而在哈勃射电望远镜下则是以光谱红移为标志的宇宙膨胀。

黑洞？奇点的质疑

科学家们给出的宇宙模型是：起始——一百亿至二百亿年前——以

大爆炸的方式诞生；现在——正在膨胀的过程；终结——一百亿或二百亿年之后——大坍缩，成为黑洞。

在大爆炸之前，是否是一次大坍缩？在这个宇宙大坍缩之后，是否又将是一次大爆炸？

前后都是奇点，我们无法探索。

霍金已经明确说过：奇点那一边的东西，对我们不具意义。

那么可否换一句话说：所谓黑洞，所谓奇点，并非无限遥远之前宇宙的诞生，也并非无限遥远之后宇宙的终结——奇点是人类认识的开始，奇点也是人类认识的终结。虽然科学家们所逆溯出的奇点，在人类出现之前太远太远；他们所顺推出的奇点，也在人类灭亡之后太远太远。

我们之所以认识这个宇宙，是基于人的大脑，而不是其他任何东西。从理论上推论，在人类出现之前，这个宇宙已经存在了；在人类灭绝之后，这个宇宙还将存在一段时间，然后坍缩。但是即便是这个推论，也是基于人的存在。宇宙的意义，事实上也仅在于对人的认识的意义，因为有人在感受它、认识它、思考它。人以外的其他生命不需要宇宙，它们有一部分地球就足矣。鱼只感受水，兽只感受森林，鸟只感受大气，它们不考虑它们生存之外的东西，只依自然的规律生存。但是人的思考，却远远超出了他们生存所需要的星系（很难说这究竟是好事还是坏事），但恰恰是这种超乎于自然之上的智力，在改造并破坏着自然，在危及自身和其他物种的生存。

宇宙的无穷大，不是因为它本来就无穷大，而是因为它永远笼罩在人类的智慧之外。基本粒子的无穷小，也不是因为物质可以无限分解，而是因为人的智慧永远也无法达到事物的内核。我们虽然智慧，但我们永远也无法弄清宇宙为何要存在，生命为何要诞生，我们这个物种的寿命也无法长到足以看到宇宙的结局。从哲学的意义上来说，人的诞生，

181

才是宇宙的诞生。那些三叶虫化石等史前生命的证据，不过是宇宙送给人的认识的礼物。同理，人的终结，也才是宇宙的终结。作为唯一能用理性来感受宇宙，并因此和它共生共灭的智慧生物，我们不知还能想象除此之外的何种终结。

一个没有人在感受它的宇宙其实是不可想象的，因而是不存在的。一个被人感受完了的宇宙同样不可想象——不能设想我们的大脑已把一切都包容在了其中，除此之外再没有别的东西！这样的宇宙同样也是不存在的。这样说，并不比奇点之外的宇宙是不存在的更不合理。

宇宙，时空，开始在何处？终结在哪里？人不能不想，又不能想透一切。必须有一些东西是在人的想象力和理解力之外的！

人们总想知道无限的界限，但一旦有了界限便不再是无限。于是弄出了一个有限无边的宇宙模型来安慰自己。但这个气球模型无边球面外的另一维又是什么呢？永远会有问题，也永远会问为什么。为什么其实只能对有限的东西发问，对于人类认识极限外的东西，问为什么是没有意义的。生而为人，再大的智慧也是一种局限，局限无法超越全部。

同为局限，科学家对宇宙的理解和普通人对宇宙的理解的距离从另一个方面看来也就成了一百步和五十步的距离。所以宇宙的始和终的问题就不仅只是科学家们用仪器来测量的问题，还应该是不懂那些高深莫测的数据和算式的常人也应该思考的哲学问题。

对于人类整体来说，用力所能及的智慧来管好直接关系到人类生存环境的地球的事情似乎更为重要。以往我们没有高科技时，起码还有哲学可以思考我们永远也思考不清的这个宇宙。而一旦被人类智慧呼唤出来却控制不了的那种东西毁灭了我们赖以生存的这个有限的星球，我们也就失去了整个宇宙。

至于我们人类认识能力之外的东西，让我们把它叫作黑洞也罢。

问题最终落向何处

是否因为黑洞的这一非物理的性质，使它成了当代天文学家们最热衷的东西了呢？

史蒂芬·霍金说：宇宙膨胀的发现是 20 世纪最伟大的智慧革命之一。

我以为它的革命意义在于：过去的宇宙两端都是无边无际的；而现在宇宙的两端都是黑洞。

从另一个意义上说，凡是我们的智慧搞不清楚的问题，都可以放到黑洞里去。把解决不了的问题交给奇点。把无比复杂的数字阵归结为零。

奇点定理显示的是，在极早期的宇宙中有过一个时期，那时的宇宙不但是如此之小，而且干脆就是零。后来如此庞大无边的宇宙全是从无中生有的。这倒如老子的："道生一，一生二，二生三，三生万物。"如果把道理解为零的话。

霍金说：在过去的某一时刻邻近星系之间的距离为零。在这被我们称为大爆炸的那一刻，宇宙的密度和空间——时间曲率都无穷大。因为数学不能处理无穷大的数，这表明广义相对论预言，在宇宙中存在一点，在该处理论自身失效。这正是数学中称为奇点的一个例子。事实上，我们所有的科学理论都是基于空间——时间是光滑的和几乎平坦的基础上被表述的，所以它们在空间——时间曲率为无穷大的大爆炸奇点处失效。就我们而言，发生于大爆炸之前的事件不能有后果，所以并不构成我们宇宙的科学模型的一部分，因此，我们应将它们从我们的模型中割除掉，宣称时间是从大爆炸开始的。

用奇点来割除不能解决的问题，这确是聪明的表述，也是无可奈何的办法。

当论及坍缩时，霍金的合作者罗杰·彭罗斯这样表述：坍缩的恒星在自己的引力作用下被陷到一个区域之中，其表面最终缩小到零。并且由于这区域的表面缩小到零，它的体积也应该如此。换言之，人们得到了一个奇点。

但是问题在于：一颗恒星压缩到哪怕只是一个微粒，还只是压缩。而压缩为零，则意味着取消。书中在论及一个黑洞时这样描述——"这个黑洞的质量和一座山差不多，却被压缩成亿万分之一英寸即比一个原子核的尺度还小！如果在地球表面上你有这样一个黑洞，就无法阻止它透过地面落到地球的中心。它会穿过地球来回振动，直到最后停在地球的中心。"

如果真是这样，这又和没有有什么两样呢？没有秤可以称它，不是因为经不起它的重量，而是因为它可以毫无痕迹地穿过秤盘。即使它穿过你的大脑，你也不会有任何感觉。一个无比巨人的质量可以存在于零之中，这就是科学家能够想到而普通人绝对想不到的。我们不能否认这种想法对更方便地解释宇宙的诞生有用。

——"就在大爆炸之时，宇宙体积被认为是零，所以是无限热。但是，辐射的温度随着宇宙的膨胀而降低。大爆炸后的一秒钟，温度降低到约为一百亿度（因为，当宇宙的尺度增大到二倍，它的温度就降低到一半）。"

但是，如果是无限热，按此理怎么能算出一秒钟后是一百亿度？用反推法的话，那么一秒钟前的温度就应是二百亿或一千亿度（反正数字已经是如此巨大，再加一个零也无所谓），而不是无限热。科学，有时候也近乎痴人说梦。有了黑洞、奇点这些东西，无穷大最终可以变成没有；而从零中又可以生出现在我们生存其中的这个宇宙。

数学家最终还是要用无（零）来解决问题！

关于宇宙的问题最终落到了这两个地方：在数学上，落为零。一切从零开始，又复归于零。

在哲学上，落为人。人是问题本身，也是限制本身。

一切对宇宙的思辨都是在人的前提下进行的。所有的原理都归结于人择原理："我们看到的宇宙之所以是这个样子，乃是因为我们存在。""为何宇宙是我们看到的这种样子？"回答很简单："如果它不是这个样子，我们就不会在这儿！"

这等于什么也没说。但在最终也无法搞清或无法证实是搞清了的情况下，人除此又能说些什么？

宇宙是一只膨胀着的气球吗？如果是，它最外面的一层"皮"在哪里？"皮"的外面又是什么？或什么也没有？宇宙不是这样一只气球吗？那么它又是什么？或者宇宙是一只没有皮的气球？没有皮，它又怎么是气球呢？人真能搞清宇宙的问题吗？人真有必要搞清宇宙的问题吗？人搞不清宇宙的问题就没有必要搞了吗？这些都是问题。最根本的问题在于：人是否能超越人自身？

亚里士多德认为地球是不动的，太阳月亮行星都以完美的圆周轨道围绕着它转动。他相信这些，是由于神秘的原因，他感到地球是宇宙的中心。托勒密据此做出了地心宇宙模型，在最外层的天球上镶上固定的恒星。但最后一层天球之外为何物他搞不清楚。后来我们知道哥白尼比托勒密距无限近了一步。爱因斯坦又比牛顿距无限近了一步。但我们无法知道，在哥白尼和爱因斯坦和无限之间究竟还有多少距离？那个永恒的问题依然在困扰人类。我们是比亚里士多德看得远得多了，但我们能看尽那一层又一层之后的天球吗？或许，真正的恐怖在于，宇宙真的能够被人的智力穷极！当我们彻底搞清了这个宇宙的一切，人类往后还能干什么呢？这恐怕是一个和上帝何时和为什么要创造宇宙同样重要的问题。前一个问题可以使人类永远探究下去；而后一个问题才将真正使人处于尴尬的境地而茫然无措。

　　人总想触及无限。但任何存在都是有限的。生命是有限的，所以它存在。无限即取消存在。死亡是对生命而言的，一出生结局已定。只有不出生者，才没有结局。宇宙是否是这样一种东西呢？不生不灭亦不言，只是存在着。让人永远也搞不清楚。人可以猎取比现在更大的有限，但永远不可能触及无限。上帝即无限。到底是上帝创造了世界和人，还是人意识到需要有一个上帝来创造世界和人，并且在人类灭亡了之后依然为他们存在着。这是一个永恒的问题。

　　永恒的问题是无解的。

苹果皮上的小虫

——对霍金理论的再质疑

大约是在十年前，史蒂芬·霍金的《时间简史》在中国出版。这本书的副标题是："从大爆炸到黑洞。"这个副标题言简意赅地表明了本书作者要告诉读者的主要意思：他所探明了的宇宙的历史——我们所知的宇宙起始于一百五十亿年前的一次大爆炸，而将终结于一百五十亿年或者更长时间之后的一次大坍缩，最终变成一个黑洞。而爆炸之前和坍缩之后，是一切自然规律都完全失效的奇点。在奇点之外，不再存在任何东西，包括时间。

其实这本书的卖点和这个理论的支点，都是一个点：奇点！

奇点，在汉语里可以理解为奇怪的点，奇妙的点，奇特的点，当然也可以理解为荒诞的点。对于这个宇宙理论，崇拜者固然可以把它奉为金科玉律，因为霍金是当今世界上在这方面最具权威的科学家；但怀疑者依然可以对它表示质疑，我就是这样的一个质疑者。

当年在认真阅读和思考了这本奇书之后，我曾写过一篇质疑的文章，名为《永恒的问题是无解的》。我的观点是：宇宙有一个开端，还是没有一个开端，这不是人能够探明或者解开的问题。道理很简单：人是有限的存在，而宇宙是无限的存在。有限的存在不可能探触到无限存在的边缘。或者说，无限本身没有边缘。

除了少数几个朋友读过，这篇文章就一直保存在我的电脑里。就连读过的几位朋友，也没有对它表示特别的兴趣，大概宇宙的起源和终结与现在人们面临的现实问题相距太远。这也就是连我自己也感到这样的文章没有合适的发表场所的原因：探讨的是科学问题，作者却不是科学家；若说是科普作品，问题又过于深奥。文学科学两不靠，使我这篇认真写就的文章处在了一个尴尬的境地。

言归正传，还是来谈霍金的理论。这次我质疑的对象，是霍金在香港的演讲稿《宇宙的起源》。这篇演讲，和我读到的他十年前的《时间简史》相比，立论依旧，即：时间和空间是一个共生体，它不能单独存在于空间之外。谈论宇宙开端之前的时间是毫无意义的。（楷体字是霍金的原文，下同）

但是和先前有了一些稍许不同的表述：这有点像去寻找比南极还南的一点没有意义一样，它是没有定义的。

在《时间简史》中，霍金对于宇宙膨胀的理论，是用气球来打比方的。在这次的演讲中，他改用了地球来打比方：

有点像当人们认为世界是平坦的，询问在世界的边缘会发生什么一样。世界是一块平板吗？海洋从它边缘上倾泻下去吗？我已经用实验对此验证过。我环球旅行过，我并没有掉下去。

正如大家知道的，当人们意识到世界不是一块平板，而是一个弯曲的面时，在宇宙的边缘发生什么的问题就被解决了。然而，时间似乎不同。它显得和空间相分离。像是一个铁轨模型。如果它有一个开端，就必须有人去启动火车运行。

爱因斯坦的广义相对论将时间和空间统一成时空。但是时间仍然和空间不同，它正像一个通道，要么有开端和终结，要么无限地伸展出去。然而，詹姆·哈特尔和我意识到，当广义相对论和量子论相结合时，在极端情形下，时间可以像空间中另一方向那样行为。这意味着，和我们摆脱世界边缘的方法类似，可以摆脱时间具有开端的问题。

假定宇宙的开端正如地球的南极，其纬度取时间的角色。宇宙就在南极作为一个起始点。随着往北运动，代表宇宙尺度的常纬度的圆就膨胀。诘问在宇宙开端之前发生了什么是没有意义的问题。因为在南极的南边没有任何东西。

这是一个精彩的比喻，把时间比喻为方向。这个比喻成功地打断了人们关于大爆炸之前是否还有时间的诘问。但是并不能彻底地取消这样的诘问，因为人类追根寻底的冲动是如此顽强。如果人类只是生存于地球表面的二维生物，我想有这个比喻就可以彻底解决了。因为这种二维生物沿着地球表面一直向南，当他们到达南极点时，也就到达了时间的起始点。南极点以外确实没有南了。但是南北方向只是地球表面上的概念。人毕竟不是二维生物，因此他知道：南极点以外确实不再有南了，但是依然还有空间存在。而且这空间远大于地球表面。

那么，在霍金指给我们的那个时间的"南极点"、那个宇宙大爆炸的起点、那个一切规律全都失效的奇点之外，就真的一无所有了吗？

对此我也想打一个比方。霍金已经用过了地球，我用苹果。

苹果和地球都是圆的，存在着可比性。

试想人类是一种生存于一只苹果表面的极小的二维小虫。而这苹果的表面就是我们可以观察到的整个宇宙。请注意，这种小虫仅寄生于苹果皮上，它的二维性质决定了它既不能进入苹果表皮下的果肉乃至深入到果核，也不能使它飞离苹果表面进入第三维空间。还有一个很重要的前提是：这种智慧小虫诞生于苹果产生之后，也将灭绝于苹果毁灭之前。从生命给它的限制来说，它既不可能目睹苹果的诞生，也不可能看到苹果腐烂坍缩的末日。但是这些小虫中有一只格外智慧的小虫，就好像是人类中的霍金。这只小虫通过观测得知，苹果皮表面颗粒之间的距离是在不断增大着，由此它得出一个结论：苹果是在膨胀着！

如果苹果皮上的点正在分开运动，那么，它们在过去一定更加靠近。如果它们过去的速度一直不变，则大约在一百五十亿年之前（以小虫的生命计），所有这些点应该一个落在另一个上，这个时刻是苹果的开端吗？

于是这只小虫便对苹果的演化历史做了这样一番精彩的推断：

苹果诞生于小虫纪年一百五十亿之前的一次开花（即大爆炸）。开花后的宇宙物质，凝聚于一点，开始了膨胀，膨胀成了小虫们现在感知到的这个苹果表面。这是由膨胀反推得到的结论。由此正推：如果苹果皮不能够无限制地膨胀，那么到了一个它无法承受的点，就必然造成大坍缩，这也就是苹果世界的末日和终止。

那只聪明的小虫，把这一时刻称之为黑洞。

小虫告诉其他的小虫：对于苹果来说，时间和空间有着共同的起源，都源自最初的苹果开花。你们硬要追寻苹果开花之前有无时间是毫无意义的；你们硬要追寻苹果腐烂后有无时间也是毫无意义的。因为我们的宇宙就是苹果，除此以外，别无宇宙。

但是这只小虫并不知道在它们的二维世界之外还有人类，而此刻人类正在它们的维度之外看着它们。

以苹果的范围立论，聪明小虫的立论无比正确。但问题是：小虫们用它们的哈勃望远镜探测到的那张苹果皮就是全部宇宙吗？

再智慧的小虫也有它的局限。小虫不知道，在苹果的外面还有苹果。如果它们的智慧能够突破二维生物的局限，它们就会发现，有长在同一树枝上的苹果，还有长在不同树枝上的苹果，更有长在不同苹果树上的苹果。它们可以把同一根枝上的苹果叫作星系，可以把同一棵树上的苹果叫作星云，把苹果树以外的苹果树叫作河外星系，把整个苹果园称为宇宙。但是即便如此，它们便能穷尽宇宙了吗？苹果园之外是更大的宇宙。

同样，如果它们向内探究，就会发现苹果皮下是厚厚的果肉，而果肉内部是密实的果核，果核中包裹着苹果的种子，而每一粒苹果种子都可能发育成一棵苹果树，到果树成熟的春天，仅一棵苹果树上就会有亿万朵花开。

如果小虫们能够知道这一切，它们还会津津乐道于仅仅在苹果皮上才能够成立的宇宙生成理论吗？

但是霍金仍在宣布：

在过去的百年间，我们在宇宙学中取得了惊人的进步。广义相对论和宇宙膨胀的发现，粉碎了永远存在并将永远继续存在的宇宙的古老图像。取而代之，广义相对论预言，宇宙和时间本身都在大爆炸处起始。它还预言时间在黑洞里终结。宇宙微波背景的发现，以及黑洞的观测，支持这些结论。这是我们的宇宙图像和实在本身的一个深刻的改变。

好在霍金并没有认为已经解决了这个问题，他只说：我们正接近回答这古老的问题：我们为何在此？我们从何而来？

在霍金的演讲中，我注意到了这样一段话，我认为是至关重要的：

虽然彭罗斯和我自己的奇性定理预言，宇宙有一个开端，这些定理并没有告诉宇宙如何起始。广义相对论方程在奇点处崩溃了。这样，爱因斯坦理论不能预言宇宙如何起始，它只能预言一旦起始后如何演化。人们对彭罗斯和我的结果可有两种态度。一种是上帝由于我们不能理解的原因，选择宇宙的启始方式。这是约翰·保罗教皇的观点。在梵蒂冈的一次宇宙论会议上，这位教皇告诉代表们，在宇宙起始之后，研究它是可以的。但是他们不应该探究起始的本身，因为这是创生的时刻，这是上帝的事体。

保罗教皇对宇宙的知识肯定比不过霍金，但我认为他的看法更为智慧也更可取。

人应该对自然持有一种敬畏的态度。

点线面块宇宙流

——对霍金理论再质疑的另一种表述

点，是构成事件的基本粒子。但一个孤立的点，或者一个静止的点，不能表现任何动势和连续。所以，点只是构成事件的基本元素，但不能形成事件本身。因为任何事件都是具有动势或者是具有连续性的。从某种意义上说，动势和连续性具有相同的性质。

······ ——

但是，如果一个点能够运动，或者许多个点能够连接起来，那么它或者它们就形成了一条线；或者是一个运动的轨迹；或者是一根具有衔接性的链条。

一根线，无论是链条还是轨迹，便形成了一个最简单的事件。换言之，事件，或者具有运动性，或者具有连续性。某一事件中包含的线条越多，事件就越丰富；而在事件中线条交错的越多，则事件越复杂。

世界由无数事件组成。每一事件由线条组成。线条由运动的或连续的点组成。点，如果是孤立的，或静止的，便没有意义。

L

这里有两根线条，互相以九十度角运动或延伸。

如果它们以一百八十度角运动或延伸（——　——），就可以看成一根线。

如果它们的运动或延伸不在某一个点上相交或连接（－－丨），它们便是各自孤立的事件。而如果它们在一个点上相交或连接，便构成了同一事件，各自便成为这一事件的组成部分。

田　曲　曹

如果在这两条线的运动轨迹或连接点上又产生出许多交织的线，则线的性质便发生了变化，成为新的复合事件：面。以此类推，在面的基础上又有新的面加入、堆积或融合，便形成了立体的复合事件：块。

品　晶　垒

任何纷繁复杂的事件，其本质都是一个或无数个组合在一起的块。

我想要说的是，抽象的点是不具有维度的。线是一维的，只能构成单一事件，构不成复合事件。面是二维的，在抽象思维中能够构成某个可以让人分析和理解的复合事件，但构不成实际的物体；因为物体必须是三维的或立体的。再薄的纸张也有其厚度。正是具有厚度的第三维的性质，使只在抽象思维中存在的东西，成为可以触碰并且具有重量的实体。

第三维的存在，使抽象的事件成为实际的空间。

人的抽象思维可以从三维退回二维，从二维退回一维，并从一维退回到最基础的、孤立的，或静止的那个点。但现实世界中的事物，永远是以三维的形态存在着。并以第四维的方式延续着。

这个极其重要的第四维，便是时间。

在前三个维度和第四个维度的关系上，我们又回到了点和线的关系上：如果一个点不能延续或者运动，它就成了孤立的和静止的点，孤立和静止的点不具有构成事件的意义。而如果没有时间这条线，任何三维物体全都等同于一个孤立的和静止的点。如果时间停止或者没有时间，大千世界，天地万物，全都将退缩回到一个孤立的、静止的，因而也是虚无的点。而宇宙也将等同无物。

在汉字的意义上，宇，是空间；宙，是时间。宇宙这个词本身，实际上就包含着空间和时间的不可分割的性质。我想，在其他语种中，应该也是如此。

时间像一条河，从过去流来，向未来流去，不知源头何在，亦不知末端所终。宇宙的过去，曾经有过没有时间的时刻吗？宇宙的将来，时间会像无水之河一样干涸吗？世界上最聪明的人，提出了这样一个问题。而这个无解之题，恰恰可能是聪明至极处的悖谬。

有了上面从点到线，到面，到块，再到空间和时间是一个混合体的简单分析，让我们再来看斯蒂芬·霍金的宇宙理论。霍金的理论，如果放在数字演算的层面上，那是我们大多数不懂高深数学的人无法与其讨论的；但如果放在普通人的思维可以理解的比喻层面上，其实并不难理解。它的关键之处只在这里：

谈论宇宙开端之前的时间是毫无意义的。

这个论断有两层含义：其一，他认为空间与时间其实是不可分割

195

的。这一点我赞同。其二，这个表述包含着空间和时间同源也同终，由此也包含着他的论断的核心内容：

宇宙有开始也有终结。它开始于一次大爆炸，并将终止于一次大坍缩。而宇宙两头的大爆炸和大坍缩，都是一切自然规律完全失效的奇点。

对于这个奇点理论，霍金在《时间简史》中用一个气球来打比方，以气球从膨胀到吹破的过程，来说明宇宙从一个奇点中诞生又在另一个奇点中归于寂灭。

在因为思考这个问题而睡不着觉的这个夜里，我忽然想到：两个奇点之间的时间可以看成一个线段。我们也可以用点和线的关系来打比方。

宇宙是由纷繁的物质构成的。而水，是一种相对单纯的物质。正如我们可以把三维物体抽象为一根线来考虑，我们也可以把宇宙抽象为水这样一根单一的线。

水，虽然极简单，但它是一种三位一体的东西。摄氏零度以下是冰；摄氏百度以上成汽。冰和汽，一个是固体，一个是气态。虽然在化学性质上依然是氢二氧一，但在物理形态上已不复是水。好吧，如果液体是水的常态，我们可以把摄氏百度以内的水温刻度做成一个常态线段。而常态两端的冰点和沸点，则是两个使水不再是液体的奇点。生存在宇宙中的人类，就如同生存在水中的智慧微生物，目前正生活在五十摄氏度的水中。我们其中有一个名叫霍金的智慧微生物在认真研究了时间流动中水温变化的现象之后，大胆地得出了这样一个结论：

我们生存在其间的水世界，其温度正在经历着由冷向热的演变。大约在水温达到三十七度的时候，我们这些微生物和其他种类的微生物纷纷诞生了。而当水温在将来达到七八十度的时候，水中的所有微生物都将因为不适应过高的水温而灭绝。但是我们的思想可以超越我们生命的界限：从水温变暖的规律逆推，我们可以推溯到二百亿年前水这种物形态的开始。那时候温度是处在零的界限上，一超过摄氏零度，水，世界，或者说我们生存于其中的这个宇宙便诞生了。所以摄氏零度是一个奇点：启始的奇点。在那以前，宇宙是我们无法想象的坚硬和冰冷，那是一种板结状态，在板结中，时间无法流动。而从水温变热的现象顺推，我们同样可以推论：在二百亿年之后，水温将达到摄氏百度。按照水的物理性状分析，摄氏百度将是水的沸点。一旦达到沸点，水将不再是水，将消失于形态的分化瓦解之中。在那之后，宇宙是我们无法想象的虚无缥缈，那是一种虚无状态，在虚无中，时间亦无法存身。

这个智慧微生物最终得出的结论是：宇宙，即水的形态，具有和时间不可分割的性质。"谈论水形成之前有无时间是毫无意义的；同理，谈论水消失之后时间是否还存在也是毫无意义的。"就这样，他创立了他的关于宇宙诞生、演化和寂灭的伟大理论。

他的这种理论起码可以证实一点：生命如果作为一个点在时间线上的运动，可以是实在的，也可以是虚拟的。真实的运动，是生命个体随着时间一同流动所显示出来的生、老、衰、死。而虚拟的运动，既可以加速，又可以停顿。既可以超前推论，又可以回溯探源。正是有了这种记忆力和想象力对时间不变流速的超越，才有了被称为思想的这种东西。

思想这种东西可以超越个人的局限、种群的生命、自然的历史，内缩到基本粒子，外展到大象无穷，但是我想，无论如何还是超越不了宇宙本身。这两个字，或者这一个词，是人类给自己营造的最大空间，无论是身体或精神，都住不到宇宙之外去。宇宙的外面是什么？这是一个伪命题。因为包含万象的宇宙只有里面，没有外面。如果硬要追究宇宙之外究竟是什么，那么回答只能是：宇宙外面是虚无。可是，虚无能够给宇宙当外壳吗？

如果宇宙是有限的，那它真的只是一个像水从冰点到沸点之间那样的常态线段吗？在那之前，冰在时间中凝结；在那之后，汽在时间中升腾。但水的常态限制了水中微生物的思维，使他们思维的触角无法伸延到液态之外。他们无法想象，在冰点和沸点之外，水的本质和时间的本质都依然存在。不知源自哪里，亦不知终于何处。

说到底，关于宇宙是否有起源和终结的问题，不需要多么高深的数学来解，人们只需要做一个哲学意义上的简单选择：一条无限长的线，或仅仅是一个线段。

时间究竟是什么？你愿意时间是什么？一条无始亦无终的自然长河，还是一条人工开凿的、终将干涸断流的水渠？

人的悖论

这个题目，不是想表达一种二律背反的哲学命题，而是想表达人类的境况。使用悖论这个词，使用悖这个汉字，是想说明，在人的存在中，存在着多少和多么悖谬和荒诞的因素。现在的人类，是处在一个怎样的两难境地之中。

一、人是自然的逆子

人是什么？从生物学角度上看，人是灵长目的高级哺乳动物。它的生理构造和生命活动具有完全的动物性。但它已经脱离了动物界，成为一个各种矛盾的混合体。最悖谬和荒诞的一点，是它难以解决的自相矛盾和对大自然母体的背叛。

动物不是自相矛盾的。自然界也不是自相矛盾的。只有人，这种从兽类中脱颖而出，却又不知能不能抵达神性的东西，是一种既折磨着自己，又毁坏着自然的生物。

所有生物都是顺自然规律而行的，唯有人，逆自然规律而动——利用他们发现了的一些自然界的小规律，却在破坏着自然界浑成一体的大规律。

我们不妨对人性和兽性进行一番思考。

自从有文学以来，人们总是在赞美人性，诋毁兽性。人性真的那么高尚，兽性真的那么卑下吗？

什么是人性？被我们赞美的人性，如亲子之情，友爱之谊，嬉戏之趣，节制之道，恰恰都是来源于兽，来源于动物性。给了人最大欲望满足的食色二欲，也是来源于兽。

什么是兽性？被人们诅咒的残忍、冷酷、自私、狭隘、偏激、专制、强凌、嗜血如饮、杀人如麻……全都与兽性——与动物的本性无关，恰恰出自人这种生物脱离了动物之后，由人对动物本性的偏离中产生出来。

人看见动物界弱肉强食，特别是食肉类的猛兽以扑食比它们弱小的动物为生，那种血淋淋撕裂另一种生命的惨状，成了兽性一词的来源。

其实大谬。那种血淋淋的残忍，只是一种表面的残忍，不过是食肉类动物的进餐方式。它们不是人类，不会使用刀叉筷勺，更不会用水洗净用火烹调，所以看起来十分野蛮残暴。它们猎杀食物，只为给自己充饥和养育后代。它们吃的，只是大自然安排给它们的那些在食物链上低于它们的动物，并且它们在饱餐之后决不会再去扑杀。所以我们可以看到饱餐后的食肉兽与食草兽同在一处相安无事的那种场面。它们除了果腹别无其他食欲，除了配种别无其他性欲。当然也有一只雄兽占有数个乃至数十个雌兽的情形，但那也是为了种族强健的需要，是自然赋予它们的属性，而不是某个雄兽自己萌发出的欲望。

但人就不同了。不知是由于自然之神的加惠或是惩罚，人类的祖先大概不能像食肉的猛兽那样总能在饿死之前捕捉到食物，为了生存和延续，他们必须在饱食之后还要储备。大概正是因为有了储备和对储备物的管理与分配，人的先民拥有了一样其他兽类们没有的东西——财产。

财产是一把利刃，把人类从兽类身上割了下来！

后来人类所有的却被人们误骂为兽性的那些东西：残忍、冷酷、自私、褊狭、专制、强凌……全都与对财产的拥有和分配有关。

因为有了财产的占有和分配，才在人这同一种群中有了阶层，在不同的阶层中有了各自的利益，又因利益的刺激产生了更多地占有财产或财产分配权的欲望。正是因为有了利益和欲望，人才在饱食之后仍然对兽类，更多地甚至是对同类，大开杀戒。

人类在从茹毛饮血进化到文明卫生的烹调餐饮之后，却用食肉兽进食的那种血淋淋的方式来对付同类，这哪里是兽性？兽性中没有奴役，更没有大屠杀。

人类所有坏的秉性，都来源于人类自身。

过去所有的文化，都是在歌颂人的伟大、高尚、聪明、贵为万物之灵；从不深思由人的本性带来的问题。人的本性到底是什么？什么才是人和动物的根本区别？

财富、欲望、性格、文化、阶层……这些都是人类和兽类的分野，是人类分立于兽类的标志，也是人类永难解决（但愿不是）的自身困扰。

人类只有认识到并遏制自己的致命弱点，才是有希望的。

兽类有食物，有巢穴，但没有财富。因而也就没有如何占有和分配财富的矛盾。所以同一种兽可以和谐地相处，而人类不能！

兽类有食欲，有性欲，饥饿时需要捕食，发情时需要交配。但除此之外，没有更多的和不断膨胀的欲望，因而也就没有因欲望而生的野心、嫉妒和仇恨。所以同一种兽可以和睦地相处，而人类不能！

兽类也许有些性格上的差异，同一窝小狗，我们会发现有的活泼些，有的安静些，但不会有太大的差异。狗的性格，总是忠诚的。而猫相对要滑头一些。豺狼虎豹，总是凶猛而机警的。不会有特别怪癖的狮子，也不会有特别阴险的大象。兽类会因求偶而争斗，却不会因为性格不合而厮杀。所以同一类兽能和气地相处，而人类不能！

兽类肯定也是具有某些简单的想法的，但没有超越于生存需求和环境反应之上的思想，因而也就不会有因不同思想而形成的不同文化，不会因为思想文化的冲突而爆发战争，也不会因为文化和科技水平的差异而拥有优劣不等的武器，同一类兽所拥有的武器等级是相同的，那就是它们的爪和牙、角和蹄，它们可以轻易地置食物于死地，却很难致同类于死命，所以同一类兽总是能和平相处，而人类不能！

超越兽类，这究竟是人类的幸运呢，还是不幸？

因为财富，人终于脱离兽类过起了有保障的、相对安逸的生活；也因为财富，人与人之间有了差异、裂隙、警惕、防范、掠夺、忌妒、不平、不满和仇恨，最终导致奴役和杀戮。

因为欲望，因为欲望在各个方向上的膨胀，人类拥有了更多的财富：有物质上的，有精神上的，有功利方面的，有审美方面的。

所有的物质欲望最终集中在这两样东西上：钱和权。

而审美方面的欲望则多姿多彩，有艺术上的展示和思维上的深究。

人类最大的麻烦，就在于既难以节制物质的欲望，又难以求得平衡——人与人之间的平衡，人与自然之间的平衡，实用和审美之间的平衡。

而人类最大的希望，恐怕就在于精神的、审美的愿望最终能把物质的、实用的欲望节制在一个恰当的范围之内。

物质欲望是人类发展的原动力，它使人类强大，但同时也面临最终崩溃和灭绝的危险。

而审美的愿望是人类精神升华的引导，它使人类美丽，在兽性的美之上真正拥有一种属于人类自己的美丽！

二、人是自己的敌人

人是什么？半是天使，半是魔鬼吗？是天之骄子，还是地之弃儿？

世界上再也没有什么东西，像人这样充满了内部矛盾，又与外部世界强烈地矛盾着。

一个人，只要是有些思想的，就会发现自己时常是处在内心的矛盾之中：善与恶，灵与肉，我与他……

两个人，一旦结成一种特殊关系（比如说家庭），便会在互相之间产生一些矛盾冲突的同时，更多地处在与这种关系之外的其他人的矛盾冲突之中。

一群人，比如说一个公司或一个政党，他们既要处理内部矛盾，又要面对与其他人群的矛盾。

一个国家或民族，在对付内部矛盾时，又要对付外部的冲突；而且往往要靠和外部的冲突来转移和消解内部的危机。

戏剧是人类生存状态的镜子。戏剧的本质是冲突，因为这源于人的本质。

世界上再也没有一种冲突，比人与人之间的冲突更为残酷和激烈。

性格，这或许是人类区别于动物最显著的特点，也是对于单个的人最为重要的东西！

人看动物，同类的动物有着相同的相貌，不同之处只在毛色与花纹。

而同种的人没有毛色和花纹的区别，但相貌却千差万别，无一雷同。

也许生物学家和遗传学专家能给这种差异找出理由。但我认为的理由简单而明了：人有着不同的性格——个性；而兽类没有，只有大体无差的类同性。

正是因为这个原因，同一窝小鸡看起来一样，同一家的兄弟姐妹却各不相同；同一群鸟分不清彼此，同一班的学生却千差万别。

不同的性格对不同的人是魅力之所在；但不同的性格对于同一人类来说却是纷争不断的根由！

人类如果性格趋同，那将是多么索然无味的一件事，甚至不能设想人类存在的意义。

但性格相异，恰是人类永不能安宁的因素。

且不说不同种族产生出不同的思想和文化，同一种族也因为思维方式的不同产生出互相对立的思想和文化。当对立的思想和文化不能互相融合或容忍时，便产生了敌视、争斗甚至仇杀。

而不同的思维方式，自然是起因于不同的性格。

人类最小的争执和最大的争斗都源于不同性格的对立。

性格是什么？它的根本是一种自我意识。个性即"我"，由"我"而生出"我"的客体"你"和"他"。

我曾经设想过一个"我"和"他"的哲学命题，也可以称之为乞丐和国王的命题。其基本的表述是：一个乞丐是否愿意成为国王？国王高贵而富有，乞丐贫穷而卑下，从一般的意义上来讲，乞丐成为国王是做梦也想不到的好事，岂有不乐意之理。但这个命题的意义是在这里：是让此乞丐变成彼国王，而不是让乞丐去当国王。不是把乞丐的脏衣服脱掉，给他洗个热水澡，让他戴上王冠，穿上王袍，住进王宫，享受王后和嫔妃，而是要这个乞丐彻底放弃他自己现有的个性，即由他所有的生命经历所形成的个人意识，而变成与现在这个乞丐毫无关系的另一个人——国王。这样一来，实际上就是消灭了这个乞丐的"我"，消灭了他的自我意识，也就消灭了这个乞丐本身。这个乞丐会这样想："我没有了，变成了另外一个人，另外一个人当国王，与我何干？"其结论必然是，让我当国王，我干。让我变成另外一个人，我不干。

兽类是一个相同的群体。它们不知有"我"，只是本能地遵循着自然规律，出生、成长、繁衍、死去。新陈代谢，群体的面貌不变。大千世界，如果没有人类横生枝节，其实既是个千变万化的世界，也是个亘古不变的世界。该变化的在变化着，该不变的在延续着。

人类是许多个不同的群体，更是无数个不同的个体，每个个体都是一个不能互相替代也不愿意互相替代的"我"，每个"我"都要张扬自己的意愿、实现自己的价值，并在这种张扬和实现中与其他的"我"产生矛盾和冲突。人类实在太丰富了，人类也实在太混乱了。

兽类没有语言，人类有。

兽类的叫声只用来呼唤和提醒，不表达思想，也就不会产生歧义。

语言是人类进步的标志，也是人类堕落的标志。语言的本来用途是便于交流，但语言的异化却能造成伤害。人类使用语言互相诋毁的可能性有时甚至大于沟通，用语言互相伤害的烈度有时远远大于肢体的冲突。语言造成的隔膜和仇视，往往导致最严重的后果，小到夫妻反目，大到族群仇杀和国家之间的战争。

没有语言，人类就不会有不同的宗教、信仰、主义和理论；而不同的宗教、信仰、主义和理论，正是战争和冲突最直接的或者是最根本的原因。

语言是一柄双刃剑。是沟通的工具，也是杀伤的利器。

话不投机的时候还不如不说。说得越多，伤害和隔膜就越深越厚！

人与人的争端，人群与人群的争端，人种与人种的争端，存在着一个合理性的问题：

一个人认为合理的事情，另一个人和其他的人可能认为并不合理，不合他人之理。

一群人认为合理的事情，可能恰恰有悖于其他人群之理。

205

一个民族或国家认为理所当然的事情，在另一个民族或国家看来可能天理不容。

我之理不合于你，你之理不合于他，而他之理又可能不合于你我。这就是人类冲突的根源。每个人，每群人，每个种族和国家的相对合理性恰恰造成了人类总体的不合理！

这一种道理和那一种道理之间的冲突，有时候甚至大于利益的冲突。

而且所有的道理都愿意自封为真理，是真理就不能向谬误妥协。

回顾历史上发生的许多大悲剧，如果有一个恰当的妥协，本可避免。但，人是自己的敌人！他们可以被迫向自然和异类作妥协，却决不肯向同类同种同族同胞甚至同志做妥协。所以那些悲剧的发生，其实是人的本性注定了的，无可幸免。

人类有什么可以自豪呢？自以为能够征服自然，其实连人自身的问题也解决不了。

人类中的一部分人，总想征服另一部分人。甚至有的夫妻双方中的一人，都不惜以破坏婚姻为代价试图征服另一个人，这就是人类永不能和睦的原因所在。

一斑可窥全豹，我们不妨从人类最小单元的互相关系来看最大单元的互相关系。有什么样的婚姻关系，就有什么样的国家关系。

婚姻有因感情而结合，因性格而破裂的，国家关系也有；

婚姻有因感情而结合，因利益而破裂的，国家关系也有；

婚姻有因利益而结合，因感情而破裂；或因性格而结合，因利益而破裂，种种结合和破裂，在国家关系中都可以找到相似的对应。

夫妻关系的激烈冲突，最严重时可以导致家破人亡，两败俱伤。但与之不同的是，在国家与国家的战争中，虽然双方俱有其伤，但一般总还有一个胜者。希望自己是胜利的一方，这就为用战争来解决争端提供了最根本的理由。

当在谈判桌上说理不能解决问题的时候，人类的征服本性便要借助于武力。于是谁有力谁就有理，谁拥有最强大的军队最先进的武器谁就拥有了最大的合理性。

为了在战争中取胜，各个国家建立和扩张军队，装备和改善武器。并建立了一套关于战争的道德和伦理，如日内瓦公约。但是当技术先进的国家研制出了高精确度致导炸弹的时候，技术落后的、在武器的辩论中打不过敌人的一方，便采取了一种干脆不讲理的方式：用发明和制造人体炸弹来和你对抗，用劫持并杀害人质来达到政治要求。武器的威力在于对生命的威胁，现在武器弱势的一方干脆把生命变成了最致命武器。我丝毫不怀疑，如果恐怖分子拥有了原子弹，他们会毫无顾忌地使用它。人类中这部分人狂暴的性格，已成为人类最大的威胁。

战争，原本是一种以摧毁对方军事力量为目的迫使对方屈服的方法。战争当然会伤及平民，虽然遵守国际公约的传统战争并不以伤害平民为目的。而现在，恐怖主义以直接伤害平民的方法，来达到他们在正规战争中达不到的要求。是否向恐怖主义妥协，现在又成了人类的一个两难处境：不答应他们的要求，将损害目前人质的生命；答应他们的要求，将损害更多无辜者的生命。因为此招得手，他们便会把它当成一种有效的武器不断使用下去。这实在是荒谬到了极点。

人类的最大问题，就是不同的价值观念和利益体系如何才能和平共存。

三、人应该如何自救

人和自然的问题，其实就是一个人的欲望如何才能合理节制的问题。自然界以它博大的包容性最大限度地善待了人类，现在是人类应该考虑并实施如何善待自然的时候了。再不行动，恐怕为时将晚。

兽有兽的存在，人有人的思想。

从唯心的角度讲，花鸟虫鱼，是因为我们感受到它们的存在而存在，我们人自己也在这种感受中存在着。这个置身于我们身外，又包含我们在内的客观世界是否真的存在呢？这是人类的问题，兽类不会问。

我感受这个世界的存在，是因为我活着。当我死了，这个世界对我而言就不存在了。但我其实知道，我死了，这个世界还是存在的，因为它还存在于其他人的感知之中。只要我还没有被世界上的最后一个人忘却，我也将继续存在于这个被其他人感知的世界中。所以一个人肉体的死亡，并不是彻底的死亡。我想我这样的问题，老子想过，庄子想过，李白想过，苏轼也想过。他们已经死了，但我还在想着他们想过的问题，在想着想过这种问题的他们。所以，一个人的死，其实并不十分恐怖。

但问题是：如果有一天，所有的人都死了，所有的"我"都无法感受这个世界了，也就是说，人类整体上灭绝了，像恐龙那样，那可就是真正地恐怖了！

人类不存在了，这个世界还能存在吗？

我们知道，这个世界可以让人、让兽、让鸟、树、虫、鱼，让真菌和细菌，让万事万物在它的存在中存在；但是我们不知道，这个世界是否能在没有个人意识，没有"我思故我在"的兽、鸟、虫、鱼、植物和细菌们的感受中存在？

我想，当最后一个人不存在了，这个世界、这个地球、这个太阳系、这个无边无际的宇宙，也就彻底地不存在了！你能设想那最后一批人将面临多么巨大的恐惧吗？那不是一个人的死亡，也不是一个物种的毁灭，而是整个世界的消失，整个宇宙的死寂。

人类啊，不是为了你们自己，而是为了世界，为了这个从过去到未来唯一有过也唯一存在着的世界，好好地生存下去吧，不要让自己的悖谬毁掉这一切！

有一个问题我们已大致明了：人类已经有了多久。

有一个问题我们却不清楚：人类还能有多久？

从有人类社会以来，历史以万年计数。

从有比较像样的文明以来，历史以千年计数。

从工业革命开始，短短的三百年，人类已经彻底改变了往日的面貌。

而最近仅仅几十年的发展，又使工业革命的辉煌业绩完完全全地成为历史陈迹。

这种发展的速度是不是太快了？别人为快而兴奋，我却因快而忧虑。就像一根竹子，如果竹节越长越短，那它还能有多大的生存空间呢？

物极必反，这个反的临界点在哪里呢？

从理论上讲，太阳总有一天要熄灭的，地球也是要毁灭的，人类也是如此。但如果不去追索那个极限，其实对人类来说，太阳是永存的，地球也是永存的（只要我们不去毁坏它）。就像从理论上讲，一杯水内水分子的无序运动，当到达所有的分子都向上运动时，那杯静止的水就会变成喷泉。这个理论上成立的点，我们永远也看不到。

人类能否在地球上永远生存下去？这不是一个科学问题，而是一个哲学问题。

人类能否长久地生存，最大的否定因素是人类自身。而人类生存最大的威胁恰恰来自科学。

科学是人类的最大福音，也可能成为人类最大的灾难和疾病。

科学也是一柄双刃剑。带来利的同时也带来害，但人们总是见利多，见害少。

核能的利用，已充分展示了这柄双刃剑锋利的程度。而克隆技术、转基因技术等如果不加限制，是否会变成一只潘多拉的盒子，打开了就关不上？

矿物能源和制冷剂的利用，是福也是祸；由此产生的温室效应和臭氧层破坏，正在改变着人类生存的大环境。

电脑和信息产业大肆铺张和无所不在，同样祸福难料。大量信息蠕虫在吞噬着现代人本已萎缩的情感世界，而那些神魔怪兽打打杀杀的电脑游戏是否在诱导未成年的孩子离弃正常的感情和亲情？面对防不胜防的电脑病毒，人们有没有想过，到底有多少人在制造它们？为了什么而制造它们？小小一个电脑病毒，就可以使无数和病毒制造者毫无利害关系的人受到经济和精神上的伤害，在这样一个越来越依赖于电脑的社会里，人们的生存是安全的吗？电脑固然使原本相对封闭的世界变得开放和精彩，但也使原本相对安全的世界变得危机四伏。

还有垃圾。动物不制造垃圾，人制造垃圾。不光制造物质垃圾，还大量制造精神垃圾。人类的生活垃圾已使得原本能够自洁的大自然遍体生疮，还有那些工业垃圾和建筑垃圾，能否得到恰当的处理？人最终是否会被垃圾所掩埋？

科学是造福人类的，科学又是满足科学家探索欲望的。而当这两者发生矛盾时，科学也会成为一种悖谬。在现代社会，随着科学发展的日新月异，已经大大掩盖了哲学的光彩。但哲学永远是科学的导师，而不应该沦为科学的仆人。

人类的大部分进步，其实只是物质享受的进步。而物质享受的进步，往往是以破坏自然环境为代价的。

舒适的生活，危险的生存！——这就是现代人类的状况。

人类最精彩的思想，其实是出自两千年前。后来的思想家，其思维的美妙程度，都没有超过老子、庄子和古希腊的那一批哲学家。后世思想家们的思想，只是对日益沉重的物质压迫和人类互相之间争斗的一种反抗而已。

人的欲望，有一种不加节制的冲动。人类本性中的种种不加节制，使药品成为毒品，娱乐成为公害，营养成为疾病……

面对一个越来越浮躁奢靡的时代，老子清静无为和庄子逍遥自足的思想是多么睿智。

人能否合理地存在，关键问题在于人能否保持自己内心的平衡，从而达到人类生存的平衡。从某种意义上说，平衡比发展更重要！克制比欲望更重要！

人类，就像一个不顾一切要张扬自己所有欲望的人，正是这种欲望，把生存环境破坏得最终使自己无法生存。

而一个得道的人，一个审美心情大于物质欲望的人，是可以成功地克制自己，以求和自然保持和谐状态。

但是整个人类，能够成功地克制自己不去最终破坏人和自然的平衡吗？这是一个问题。正如哈姆雷特的思索："生存还是毁灭，这是一个问题。"

其实人类最终将面对的还是环境问题。

人类活动已经给自然界造成了极大的伤害，如果不能抚平大自然的创伤，这种伤害必将祸及人类自己。正所谓：天作孽，犹可违；自作孽，不得活！人类就是这样一个自作自受的种群。它将来的吟唱到底是一首使自然万物复苏的摇篮曲呢，还是一首给大自然也给自己的无望的挽歌？

人类如果能保有一颗谦卑之心，将为自己和自然免除多少灾难？

克己复礼，孔夫子这句话，是对政治说的。现在看来，对待自然也应如是。不能够适当地克制自己的欲望，自然生态就不可能恢复到一个理想的境界。克己复礼——人类的延续有赖于合理地节制欲望和控制行为。

　　人和自然界最大的不和谐之处就在于贪婪。人什么都知道，就是不知道适可而止，或者能够知道，但做不到。贪婪，似乎是通向目前幸福最快捷的梯子，但也是通向终极幸福的最不可逾越的障碍。

　　人类和自然界的最大悲剧，莫过于一部分人的利益不适当地膨胀伤及了其他的人；一个物种的利益不适当地膨胀伤及了公平对待一切物种的大自然。如果这种伤害可以弥补和救治，则人类有望，自然也有望；如果这种伤害愈演愈烈，无法遏止，则人无望，自然也无望。

　　人类的出路，恐怕不是无休止的征服，而是——放弃征服，寻求和谐。正所谓：放下屠刀，立地成佛。

　　21 世纪，是一个人和自然、人和人自己的矛盾空前激烈的世纪，但愿不是人的最后一个世纪，或人的最后几个世纪之一。

　　"To be or not to be, this is a question."

　　这是一个无论是哈姆雷特，还是整个人类，都必须面对和解决，却又难以解决的一个根本问题。

思考伽利略

在科学史上，伽利莱奥·伽利略无疑是为数不多的巨人之一。科学上的巨人，是传记作家的好材料，却未必能成为戏剧家的题材。但是伽利略不同，他不仅在科学技术上有着一大堆重要的发现和发明，还在人类思想史上的一个重要时刻，卷入了严酷的政治斗争。他先是用大量事实明了地球围绕太阳旋转，否定了被教会奉为思想支柱的地心说；后来又在教会的巨大压力下表示悔罪，违心地否定了由自己用科学方法证实了的真理。他的悔罪是在教会迫害下的无奈之举，一则流传甚广的故事是这样说的：当他跪下悔罪完了站起来的时候，嘴里却在轻声地说着："可是地球仍然在转动！"

正是这样一个矛盾的伽利略，引起了剧作家的兴趣。于是在戏剧舞台上，人们看到了两个伽利略。一个是德国戏剧大师布莱希特作于1938—1939年间的《伽利略传》。这部戏在80年代曾由黄佐临执导在国内上演过，戏剧结尾时那个伽利略啃吃烧鹅的情景给观众们留下了深刻的印象。但是引起我思考伽利略的是我不久前才读到的美国剧作家贝利·施大为（Barrie Stavis）著于1942年的《午夜明灯》。这其实也是一部《伽利略传》，只是剧名不同。作为施大为的代表作，曾在东欧和苏联等十个国家上演过，并在80年代初拍成电视剧在美国上演。这两个剧本，布莱希特着重表现的是伽利略面对一系列重大事件的人生状态；而施大为着重表现的则是科学家与教会之间的思想交锋。而这两个戏剧的核心事件，都是伽利略的悔罪。戏剧是表现冲突的艺术，如果没有宗教法庭对伽利略的审判，恐怕两位戏剧家不会从众多科学家中选出伽利略来作为他们剧本的题材。

两位剧作家风格不同，这两部戏写法自然也不同。但两部戏所选取的时间段却完全相同。伽利略生于1564年，死于1642年，活了七十八岁。两部戏剧都选择了1609年到1633年这个时间段。这是伽利略生命中最为重要一段时间：从他意气风发地把他最重要的发展现给世人始，到他痛苦地在宗教法庭上悔罪止。

1609年，帕多瓦大学的数学教师和威尼斯大兵工厂的技术处长伽利略，经过十七年的苦心研究，并从荷兰人制造的光学仪器中受到启发，向威尼斯共和国呈交了一项新发明——望远镜。这是历史上第一架能放大三十二倍的望远镜。伽利略借助望远镜，发现天空的若干现象可以证明哥白尼的宇宙说。他首先观察的是离地球最近的天体月亮。他看到了月亮上的山脉，看到上升的太阳照着山峰，使它们变成金黄色，而周围的山谷则一片黑暗；他接着看到了亮光从月亮上的山峰移到了山谷。在此之前的天文学告诉人们：地球是宇宙的中心，不是一颗星；而月亮只是一颗星，不可能是有山、有谷的地。而他所看到的和两千年来天文学的全部见解背道而驰，但事实就是如此。伽利略告诉人们：地球和月亮一样，只是一个普普通通的天体，是数千个天体中的一个。从月亮上看地球，就跟从地球上看月亮一样，在太阳的照耀下，地球也会像月亮那样发光。

还不到十年以前，有一个人正是因为坚持这样一种观点。在罗马被活活烧死，他的名字叫乔尔丹诺·布鲁诺。

所不同的是，布鲁诺并未亲眼看到，而伽利略用望远镜可以让人们用自己的肉眼去证实。

从1609年到1610年，伽利略利用望远镜观察天体，宣布了一系列发现：银河由大量恒星集合组成；木星有四个卫星；土星有光环围绕；他还观察到了金星的相位变化和太阳黑子。

望远镜的发明对人类的思想进步是一件极为重要的事情。人的思维是随着眼界的打开而开阔的：只有当人们看见了原来看不见的东西，只有当人们看清了原来没见过的事实，他们的思想才会产生巨大的震荡，才会拆除那挡在视野边缘的藩篱，走向更为广阔的世界。

在施大为的《午夜明灯》中，他对当时人们在望远镜前的表现有着生动有趣的描写——

有三位教授，一位数学教授，一位天文学教授，还有一位神学教授，在望远镜面前，他们的心灵和他们的眼睛产生了极为强烈的矛盾。他们心里装的是教会一直灌输给他们的地心说，不仅仅是装着，这个关于宇宙形象的理论已经和他们的血脉融为一体；而他们的眼睛却在望远镜中看见了一个完全不同的宇宙。他们该相信哪一个呢？

神学教授说，在天上只有七颗行星！亚里士多德是这么说的，我可以给你看他的书上是怎么说的。

数学教授说，七颗，就是七颗！不多也不少！世界是建立在七这个数之上的。

哲学教授说，亚里士多德不会有错。

伽利略说，你们那漂亮的逻辑推理会使我承认只可能有七颗行星存在。可一旦我目睹这些行星，我想任何理论都没有足够的力量把它们扫出天外。当你们通过这架望远镜亲眼看到了十一颗行星的时候，你们还有什么好说的呢？

于是神学者说，那我就不会相信自己的眼睛。

数学教授说，有十一颗行星存在，这是和常识的原则矛盾的。

而哲学者教授说，亚里士多德是我的生命——我在课堂上讲授亚里士多德的著作，你却在要求我完全背叛我的整个生命。

伽利略说，那你们宁愿要我毁掉望远镜啰？在太空那边有不少荒原，而人的智力领域里有不少荒原有待于我们去探索和征服。和我们一道来吧，我们是可以开辟新天地的。

但是教授们不能够。他们或者拒绝观看，或者视而不见。即便是从望远镜里亲眼看到了能够证实日心说的天象，也仍然要坚守地心说的阵地。因为他们一贯的信仰，也因为他们要保有既得利益；而信仰和利益，有的时候在有些人那里，其实是一个东西。

可伽利略对自己的望远镜充满信心。他认为教会本身，红衣主教们和主教们都会看到新的行星，金星的变象，月亮的山峦。他们将会给他盖章批准，用他们的权威来支持他，他就可以打消保守的人们的疑虑。他相信逻辑与理性的力量，他认为他谈出他的看法，罗马会倾听并理解的。于是他去了罗马，让更高一级的人物通过他的望远镜去观看他发现的事实。

1616 年，梵蒂冈研究院罗马学院承认伽利略的发现。罗马学院的天文学权威克拉维乌斯长老和其他天文家们认真审核了伽利略的天文新发现，得出的结论是：符合事实。伽利略似乎已经赢得了胜利。

但差不多就在同时，罗马教会宗教法庭却把哥白尼的著作列为禁书。这意味着，从望远镜里观测到的事实并没有打动教会。虽然他们的眼睛从望远镜里看到了一个新的宇宙，但是他们的心灵依然固守着那个旧的宇宙。因为教会对人们心灵和对世俗事务的统治，是建立在旧的宇宙观上面的。

在施大为的剧中，伽利略和宗教审判官红衣主教贝拉明有这样一场对话——

伽利略说：我所要求的是教会能够正式目睹一个科学证明。这又在什么地方妨碍了我们的教会？

贝拉明说：从科学方面来考虑是次要的。你的学说正确与否我并不关心。我仅须提出一个问题：如果我们的天体说被推倒，而你的天体说得以建立，这将会给基督教义带来什么样的后果？答案将是：基督教真理将会被毁掉！你将会使属于整个宇宙的教会，变成无足挂齿污泥一块的教会，使它消失在太空之中。你认为我在夸大其词吗？广大的人民从小受到教会的熏陶，而你的学说会使他们感到受了欺骗、贬低和玷污，他们的思想会发生激变，异教思想，背叛行为，无神论将普遍流行，你就会搞一场精神革命。

贝拉明的话对伽利略的震动并不亚于伽利略的发现对教会的震动，因为他是一个虔诚的天主教徒。他的内心里掀起了一场激战。

贝拉明问他：你更加珍视哪一个，是你暂时性的科学呢还是你那永恒的睦主教灵魂？

伽利略说：不，要加以选择的不该是这个。首先由教会承认这个观念，这该是教会的永久光荣。亚里士多德的体系是错误的，而我的体系才是正确的。

贝拉明的回答是：凡是与灵魂拯救有关的地方，教会都会教导说，在那儿没有绝对真理。判断某件事的真实程度要看它带来的是好影响还是坏影响。不管怎么样，教会的长老要我们信奉亚里士多德的天文学。如果我们现在加以改变，世界就会面临混乱，所以说，不可能有改变。

在剧中，红衣主教贝拉明带着仁慈、安慰的同情心对伽利略说：你听过训诫，你愿意服从并放弃你的看法吗？

贝拉明与伽利略的这次精神碰击，是圣托马斯·阿奎那以后最伟大的神学家和伊萨克·牛顿之前最伟大的科学家的一次重要交锋。因为权力在贝拉明那一边，伽利略做了妥协。因为真理在伽利略这一边，贝拉明也网开一面，因为他毕竟从望远镜里看到了真实的天象。他告诉伽利略：作为一个天主教徒，他发表意见的权利是有限度的，但在规定的条件之内尚有一定的自由。他给了伽利略一份备忘录，里面明确规定了伽利略什么能做，什么不能做。伽利略能做的，是可以把他的学说当作假设来提出，因为教会愿意让数学家和科学家在智力上有发明和创造；伽利略不能做的，是把这个学说作为事实向广大的人民传播，因为这将威胁到教会的统治。

1623 年，在沉默了八年之后，伽利略继续进行他对禁区的研究。其原因之一是前宗教审判官红衣主教贝拉明已经去世，而红衣主教巴尔贝里尼继任为新教皇——乌尔班八世，这位新教皇既是伽利略的朋友，也是一位科学家。他曾经在伽利略的望远镜里亲眼见到过能够证明日心说的天文景象。

随后十年，伽利略的学说在民间得到传播。1632 年狂欢节期间，意大利许多城市的同业公会甚至选择天文学作为狂欢节游行的主题。

但是，1633 年，宗教法庭下令召伽利略前往罗马接受审判。而主使者就是伽利略的老朋友、数学家、前红衣主教巴尔贝里尼，现任教皇乌尔班八世。

开始的时候，教会的皇帝和科学的大师还能够心平气和地探讨问题。伽利略向他回忆起许多夜晚他们曾一起研究过天空，看到了那非凡的自然景象。

而教皇则说，我们怎么懂得我们所看见的东西呢？人的智慧是有限的。表面现实常是幻觉。他还说，在信仰问题上，我们要求的是学习的人，而不是批评的人。你不可能在信仰问题上随心所欲地思考或争论。

虽然观点不同，教皇起先并没有对伽利略采取粗暴的做法。但是随着伽利略的学说在民间有了越来越大的影响之后，乌尔班八世不得不动用罗马宗教法庭来对付伽利略了。

在监狱里被关了二十三天之后，这一年6月22日，伽利略在宗教法庭悔罪，宣布放弃他的地动说。

布莱希特的《伽利略传》中，没有直接描写伽利略怎样在宗教法庭上悔罪，而是用他的学生和追随者在等待他是否悔罪的消息来表现这一事件，那一场面写得极为精彩和动人——

有一个消息传来：伽利略先生将于五点钟时在宗教法庭的一次会议上悔罪，宣布放弃他的学说。对公众宣布伽利略何去何从的方式是圣·马斯库教堂的大钟。如果钟声敲响，说明伽利略已经悔罪；如果钟声不响，则说明伽利略仍在坚持真理。他的学生和追随者们心情极为矛盾地在等待那一时刻。如果伽利略不悔罪，他将被判刑，很可能要步布鲁诺的后尘；而如果伽利略悔罪，他们心中信念的山峰将在导师的变节行为中轰然倒塌。

五点钟过去了，钟声没有响起。他的学生们互相拥抱，感到幸福无比：

他顶住了！

他不放弃他的学说！

这就是说，用暴力，不行！暴力不能解决一切问题！这就是说，愚蠢被战胜了，它是不可侵犯的！这就是说：人不怕死！

要是他背弃他的学说，那么早晨仿佛又要变成黑夜了。

只因为有一个人挺身而出，说"不"！就赢得这么多的胜利！

但是，就在几分钟之后，圣·马库斯教堂的钟声轰然鸣响，这意味着伽利略已经悔罪。他的悔罪词是这样的——

"我，伽利莱奥·伽利略，佛罗伦萨的数学和物理教员，宣誓否定我曾经教过的、说太阳是世界的中心，在它的位置上静止不动，地球不是世界的中心，不是静止不动的等等观点。我本着赤诚之心于纯真的信仰，宣誓否定并诅咒所有这些谬误和见解。"

伽利略悔罪的行为大大地伤了他的学生安德雷亚的心。他说出了一句话：

"没有英雄的国家真不幸！"

但是伽利略也说了一句话：

"不，需要英雄的国家真不幸！"

这两句台词，是布莱希特这部戏的最重要的台词。所含深意足够让观众久久咀嚼。是啊，一个人敢于用生命去捍卫真理，是人格的光辉；而一个国家如果硬逼着人不得不用生命去捍卫真理，则是这个国家政治的黑暗。

伽利略没有布鲁诺的勇气。他的悔罪是违心的。他明知自己正确，却要宣布认错。他为什么悔罪呢？布莱希特的剧中给出的原因是恐惧，因为宗教法庭对这位七十岁的老人以刑具相威胁。但是后来，伽利略在对他悔罪行为的忏悔中，却认为如果他坚持下去，教会未必会真的对他用刑。那么除了对用刑的恐惧，还有其他原因吗？在施大为的剧中，还给出了一个在布莱希特的剧中被忽略了原因，那就是伽利略既是一个科学家，也是一个虔诚的教徒，他珍视自己的基督教灵魂，不愿意看到自己被革出教门。他在回顾往事时这样痛苦地表白：

"我一辈子需要的只有两样东西：一样是我的《圣经》，一样是我的望远镜。我把两样东西都给背叛了。我把手放在《圣经》之上——对我的科学发了假誓！"

伽利略悔罪时的心情是极为痛苦的，他的心在呼号着："主啊，求您听我祷告，容我的呼求达到你面前。信仰与理性两者之间的汇合地点在哪里？难道人的思想只能在信仰的前提下谦恭地接受已经启示出来的真理，就不允许理解提出个为什么吗？我说，一个人如果抽去了理性，让位给上天的启示，那么他便扑灭了二者的光芒。帮助我，神啊，赐给我一个衡量真理的尺度吧……地球确实在运行！"

伽利略悔罪了。而地球在运行着。

在施大为的《午夜明灯》中，还有一个让我感到震惊的事情，那就是在专治的宗教法庭对伽利略的审判中，竟还有着不同的意见和声音。对于取材严谨的剧作家来说，我想这不是杜撰，而是有着史实依据的。

在由教皇亲自主持，另有十二人组成的宗教法庭中，因为教皇本人没有在判决书上签字，竟然有三个人拒绝在判决书上签字，其中包括教皇的侄子红衣主教弗朗切斯科。当红衣主教博尔吉亚问教皇："陛下要我们签字，伏望教皇陛下赐教您为何反而不签？"

教皇是这样回答的："你们和我都同样知道，如果我在上面签了字，那就会使未来的天主教会权威处于严重的危险之中。我们已经宣布地球运行说是错误的，而且是违背《圣经》的，目前这样说是最好的。不过，罗马教会不是一个只存在一天或一个世纪的机构。可以设想，如果有朝一日伽利略被证明是正确的，那么异教徒们便会指着我们的鼻子说：一个绝无错误，说话具有权威的教皇竟然在一份假文件上签字。我们这批教会卫士必须把这一个未受损害的机构传给我们的继承人……然而，必须使伽利略沉默下去！这是宗教上的当务之急！假定仅只本法庭签署的文件被证明有误，而绝对无误的教皇则不会牵连进去，罗马天主教的后代会表明，是本法庭的人员犯了错误，但作为机构，却没有错。"

对此，红衣主教博尔吉亚说："我们不是红衣主教，我们只是仆从。

您让我们坐在这里开会，只不过是希望我们为您掩盖错误而已。"他折断了羽毛笔。

红衣主教弗朗切斯科说："在这件事上，我要根据良心办事。作为宗教法庭的一员，我对外将保持缄默——可是在这里，我却要发言。正如我们现今谴责苏格拉底的法官那样，我们的后代会谴责我们迫害伽利略。"他折断了羽毛笔。

红衣主教扎基亚说："伽利略的作品将永远存在下去。而谴责他作品的我们这些人却永无光彩。"他也折断了羽毛笔。

在我一向认为是铁板一块的罗马教会中，在一共由十三个人组成的宗教法庭中，包括教皇在内竟有四个人没在对伽利略的判决书上签字，这难道不令人惊讶吗？

对于教皇乌尔班八世，你可以说他老奸巨猾，也可以说他深谋远虑。如果站在他的立场上看，心里明知伽利略的学说是正确的，却要组织对它的审判，确实有着他的苦衷。在以真理卫士自居的教会那里，他们衡量事物的标准并不是真理，而是权力。权力才是他们的真正上帝。

施大为在 1942 年写《午夜明灯》时，显然对历史上教皇乌尔班八世对伽利略一案留下的那个活口给予了充分的注意。

1983 年，罗马教会正式承认三百五十年前宗教裁判所对伽利略的审判是错误的，正式为伽利略平了反。

这时候的罗马教会，和那时候的罗马教会已今非昔比，它的权力在世俗世界中已大为缩小。在后来数百年间被伽利略证实的学说已经成为世人的共识，但是地心说的被超越和望远镜倍数的一次又一次扩大，并没有导致基督教毁灭，只不过使它退回到了只管理人们心灵的领域。而且伽利略以后的大科学家如牛顿和爱因斯坦，依然还是虔诚的基督徒。这说明了什么呢？无论如何，罗马教会能够正视它数百年前犯下的错误，总是值得称道的。

图书在版编目（CIP）数据

烟水秦淮／邓海南著. — 北京：中国文史出版社，
2019.3

（中国专业作家散文典藏文库·邓海南卷）

ISBN 978 - 7 - 5205 - 0888 - 9

Ⅰ. ①烟… Ⅱ. ①邓… Ⅲ. ①散文集 – 中国 – 当代
Ⅳ. ①I267

中国版本图书馆 CIP 数据核字（2018）第 270313 号

责任编辑：蔡晓欧　薛未未

出版发行：**中国文史出版社**

社　　址：北京市海淀区西八里庄 69 号院　邮编：100142
电　　话：010 - 81136606　81136602　81136603（发行部）
传　　真：010 - 81136655
印　　装：廊坊市海涛印刷有限公司
经　　销：全国新华书店
开　　本：720×1020　1/16
印　　张：14.5　　　　字数：194 千字
版　　次：2019 年 3 月第 1 版
印　　次：2019 年 3 月第 1 次印刷
定　　价：55.00 元